HEYNE <

TITUS MÜLLER

STILLE NACHT

Erzählung

Wilhelm Heyne Verlag
München

MIX
Papier | Fördert gute Waldnutzung
FSC® C014496

Penguin Random House Verlagsgruppe FSC® N001967

Neuausgabe 09 / 2025

in der Penguin Random House Verlagsgruppe GmbH,
Neumarkter Straße 28, 81673 München

produktsicherheit@penguinrandomhouse.de
(Vorstehende Angaben sind zugleich Pflichtinformationen nach GPSR.)

Umschlaggestaltung: Nele Schütz Design, unter Verwendung von Motiven von © shutterstock: Murhena (Sterne), haruki yui (Noten), AlyonaZhitnaya (Rahmen 1), TWINS DESIGN STUDIO (Rahmen 2)
Satz, Druck und Bindung: GGP Media GmbH, Pößneck
Printed in Germany
ISBN: 978-3-453-42992-5
www.heyne.de

Die Herbstluft war dünn, es lag ein Hauch von Gletscherkälte darin. Joseph folgte dem steinigen Weg nach oben. Ich bin zweiundzwanzig, dachte er, in meinem Alter sollte ich auf einem Bein den Berg hochhüpfen. An einer verkrüppelten Tanne blieb er stehen und hielt sich die Seiten. Vor ihm standen einige breite Bauernhäuser mit tief herabhängendem Dach, umgeben von Ställen und Scheunen. Das Haus, das er suchte, sollte anders aussehen. „Eine Keusche", hatten sie ihm in Stranach gesagt, und als er nicht verstand: „Ein kleines Holzhaus mit ein bisschen Acker drum herum, nicht genug zum Leben und nicht genug zum Sterben. Was suchen Sie denn beim alten Keuschler?"

Er habe Grüße auszurichten, hatte er gesagt. Eine Lüge.

Drei Kühe am Hang hoben die Köpfe. Ihre Halsglocken läuteten. Er stieg weiter hinauf.

Er wusste, er gehörte nicht hierher. Ein Musiker und Theologe, ein Dichter und Hilfspriester aus der Stadt, was hatte er in den Bergen verloren? Die Waden und die

Oberschenkel brannten unangenehm, er würde morgen Muskelkater haben.

Diese Berge! Wie klein und unbedeutend war man als Mensch angesichts ihrer Größe, kaum mehr als ein Floh, der ihnen über den Körper kroch. Für gewöhnlich lebte man in seiner Straße in seiner Stadt und vergaß die Weltmeere, die Wälder und die gewaltigen Berge. Heute zwangen sie ihn, ihre Majestät zu respektieren, und spendeten zum Lohn kalte Bergluft voller Wachheit und Frische.

Ein Haus hinter der Wegbiegung. Dunkle, feuchte Holzwände, der Gemüsegarten von einem schiefen Zaun umgeben. An zwei Stellen waren die Pflöcke umgesunken, dort lehnte der Zaun am Gebüsch. Im Unterstand am Haus lagen Fichtenscheite bis unter das Dach gestapelt, der Bewohner rechnete offensichtlich mit einem langen Winter. Eine Ziege war auf der Wiese angebunden. Sie kam neugierig näher, bis der Strick sich spannte.

Das musste die Keusche sein. Aufregung schoss durch seine Glieder wie ein süßer Strom. Vielleicht beobachtete man ihn bereits durch das Fenster. Er ging zur Tür und klopfte. Seine Handflächen begannen zu schwitzen. Er wischte die Hände an der Hose ab und klopfte erneut.

Niemand öffnete. Beinahe war er erleichtert. Er wandte sich der Ziege zu. Im kreisrunden Bereich, den sie vom Pflock aus erreichen konnte, war das Gras kurz gefressen.

Er kauerte sich nieder, rupfte lange Halme vom Wiesenrand und hielt sie ihr hin.

Gierig fasste sie mit den haarigen Lippen danach, zog das Gras mit der Zunge in ihr Maul und kaute es. Ihre gelben Augen musterten ihn streng. Mit einem trockenen Meckern forderte sie weiteres Gras.

„Wenn du sie stehlen willst“, sagte eine brüchige Stimme, „musst du sie schon vorher losbinden.“

Joseph stand auf und drehte sich um.

Ein groß gewachsener Greis stand da, das Gesicht zerfurcht wie die Rinde einer Jahrhunderteiche. Auf dem Rücken trug er eine Kiepe mit Holz.

„Ich will sie nicht stehlen“, sagte er. „Habe ihr nur etwas Gras gegeben.“

Der Alte setzte die Kiepe auf dem Boden ab. „Was willst du hier? Verkaufst du Bürsten oder Knöpfe? Ich brauche nichts. Deinen Plunder kannst du behalten.“

Hundertmal hatte er sich diese Begegnung vorgestellt, hatte sich überlegt, was er dem Alten sagen würde. Aber dass er für einen Bürstenkrämer gehalten werden könnte, war ihm nicht in den Sinn gekommen. „Ich bin kein Teilacher. Man hat mich als Mitarbeiter im Pfarrdienst hierher versetzt.“

„Der neue Hilfspriester! Hab davon gehört.“ Der Alte streckte sich, dass die Knochen knackten. „Kommen Sie in ein paar Jahren wieder. Ich habe noch nicht vor zu sterben."

„Sind Sie Joseph Mohr?"

Der Alte hob misstrauisch eine Augenbraue. Dann nickte er.

Hitze ergoss sich in Josephs Bauchraum und jagte anschließend hinauf in den Kopf. Wegen Ihnen habe ich mich hierher versetzen lassen, wollte er sagen, nur damit ich heute hier stehe. Beide hatten sie wasserhelle Augen. Und die Form der Ohren war ähnlich. „Ich heiße genauso", sagte er. „Joseph Mohr. Ich glaube, Sie sind mein Großvater. Ihr Sohn, Franz, war mein Vater."

Schlagartig verfinsterte sich das Gesicht des Alten. „Hören Sie auf mit dem Unsinn." Er ließ die Kiepe stehen und wandte sich zur Tür. „Wenn Franz einen Sohn gehabt hätte, wüsste ich das. Ihre Hirngespinste können Sie an der Wirtshaustheke erzählen. Bei mir sind Sie damit falsch." Er machte sich am Schloss zu schaffen.

„Franz Mohr ist mein Vater", sagte er, „Musketier im Dienst des Fürsterzbischofs von Salzburg und letztes Jahr gestorben."

„Ich weiß, wann mein Sohn gestorben ist. Was wollen Sie? Mich beerben? Hier gibt es nichts zu holen." Er trat ins Haus und warf die Tür hinter sich zu. Staub rieselte aus den Holzfugen.

Joseph hörte, wie der Riegel von innen vorgeschoben wurde. Dass ihn der Großvater in die Arme schloss und freundlich als Familienmitglied willkommen hieß, konnte er nicht erwarten. Aber derart harsch zurückgewiesen zu werden, machte ihm zu schaffen. Er drehte sich um und sah auf die Gipfel der Großen Tauern. Die Felswände verschwammen vor seinen Augen. Er wischte die Tränen fort und wandte sich wieder zum Haus um. Er klopfte.

„Ja, was denn noch?", ertönte es von drinnen. Der Riegel wurde fortgeschoben und die Tür öffnete sich um einen Spalt. „Franz hatte keine Kinder, und damit basta. Lassen Sie mich in Ruhe."

„Ich bin unter Frauen aufgewachsen", sagte er leise. „In Salzburg, in drei armseligen dunklen Kammern, zwanzig Stufen hoch von der Straße. Meine Mutter, meine Großmutter, meine Halbschwester und meine Base, vier Frauen – das war meine Familie. Aber sie war nur halb, immer nur halb. Ich habe meinen Vater vom ersten Tag meines Lebens an vermisst."

Der Alte starrte ihn an.

„Die Mutter hat neben mir noch drei weitere Kinder, jedes von einem anderen Mann. Jedes Mal musste sie ihr Verbrechen in einem demütigenden Fornikationsprotokoll vor dem Stadtgericht bekennen und die Strafe für Hurerei bezahlen. Aber sie hat uns zur Welt gebracht und uns aufgezogen, dafür sitzt sie vom ersten Lichtstrahl an bis zur letzten Abendsonne am winzigen Fenster und näht. Wenn Sie mich fragen, ist Näherin der hässlichste Beruf auf dieser Erde. Sie hat die Lungenschwindsucht und näht doch weiter und weiter, zersticht sich die Finger und macht sich die Augen kaputt bei dem schwachen Licht. Als sie jung und gesund war, ist ihr der Musketier Franz Mohr begegnet. Aus dieser Begegnung bin ich entstanden."

„So etwas hätte mein Sohn niemals getan", sagte der Alte durch den Türspalt. „Ihre Mutter hat Ihnen irgendwas erzählt, damit Sie aufhören zu fragen. Franz war ein gestandener Kerl. Wenn er eine Frau geschwängert hätte, dann hätte er sie geheiratet."

„Ich habe als kleiner Junge das Pfeifen gelernt und davon geträumt, es meinem Vater zu zeigen. Ich habe gelernt, einen Stein über das Wasser springen zu lassen, und die Anzahl der Sprünge gezählt und mir aufgeschrieben, wie viele es waren, um es eines Tages meinem Vater zu erzählen. Als mich der Domvikar unter seine Fittiche nahm und ich an das Akademische Gymnasium durfte, habe ich Latein gelernt für Vater. Ich habe Geige geübt, um eines Tages für Vater zu spielen. Ich wollte ausgerechnet dem Mann gefallen, der aus meinem Leben verschwunden war. Verstehen Sie das?"

Der Alte schwieg.

„Philosophie, Musik, Theologie – das habe ich alles für ihn studiert. Und dann, als ich endlich meinte, gut genug zu sein, um von ihm geliebt und akzeptiert zu werden, und mich mithilfe meiner Mutter auf die Suche nach ihm gemacht hatte, musste ich hören, dass er gerade gestorben war. Er ist gegangen, ohne mir Lebewohl zu sagen. Ohne mich auch nur einmal anzusehen, bloß anzusehen, und seinen Sohn zu nennen."

Der Alte schluckte. Er kratzte sich am Hals und sah betreten zu Boden.

„Ich habe Fragen. Ihm konnte ich diese Fragen nie stellen. Sie sind der einzige Mann, der mein Fleisch und Blut ist. Wenn Sie mich jetzt wegschicken…" Von ihm hatte sein Vater doch das Wegducken und Verschwinden gelernt. Was erwartete er? Es war bezeichnend für seine Familie.

„Was wollen Sie denn fragen?" Die Stimme des Alten klang jetzt heiser.

Wortlos sahen sie sich an. Da öffnete der Alte die Tür und ließ ihn eintreten.

Der Innenraum der Keusche war sauber gefegt. Es gab keine Stühle, nur eine Sitzbank, die mit der hölzernen Hauswand verschraubt war, und davor einen wackeligen Tisch. Der Alte bat ihn, Platz zu nehmen. Er machte Feuer, stellte den Wasserkessel auf den Kochofen und holte aus einer kleinen Nebenkammer einen Schemel, um sich darauf zu setzen, Joseph gegenüber. „Sie sind also Priester."

„Wie gesagt, ich hatte einen Förderer, sonst wäre das nie was geworden."

Der Greis schwieg. Ihm schien die Stille nichts auszumachen. Sein Atem ging ruhig und die faltige Hand lag still auf dem Tisch. Er sah in die Ferne, als würde er nachdenken. Seine Augen schimmerten von Tränenflüssigkeit, wie es die Augen der Alten zu tun pflegen.

Joseph fragte: „Hat er hier gelebt? In diesem Haus, meine ich."

„Franz? Nein. Damals wohnten wir in Stranach unten."

„Geschwister hatte er nicht?“

„Keine Geschwister.“

Der Teekessel begann zu singen. Ein schwacher Ton, der sich in die Höhe schraubte und dabei lauter wurde, bis er zum dringlichen Pfeifen geworden war. Der Alte stand auf, ging zum Ofen und nahm den Kessel herunter. Er schippte mit einem Löffel Kräuter in ein eisernes Sieb. Das hängte er in einen Krug und überbrühte es mit dem kochenden Wasser.

„Wie war er?“, fragte Joseph.

Der Alte blies Luft durch die Lippen, als habe man ihm eine schwere Rechenaufgabe gestellt. „Groß. Schlank. Ein feiner Kerl.“ Er brachte Tassen.

„Haben Sie ihn oft gesehen? Hat er Sie besucht?“

Der Alte verschwand in der kleinen Kammer nebenan. Er kehrte mit einem Blatt Papier zurück und legte es vor Joseph auf den Tisch. Es zeigte eine Kinderzeichnung, ein Baum war zu erkennen und Wolken und Vögel. „Das hat er gemalt, als er zehn war, glaube ich.“

Seltsam, ein Relikt aus der Kindheit des Vaters zu sehen. Auch Franz Mohr war einmal jung und verletzlich gewesen. „War er gut in der Schule?“

„Es geht.“

Besonders gesprächig war der Alte nicht. Joseph sagte: „Wie kommt es, dass er Musketier geworden ist?“

„Das haben wir uns auch gefragt. Er hätte hier im Lungau bleiben können. Aber plötzlich hatte er diese Idee, nach Salzburg zu gehen."

Wer weiß, was er sich von der großen Stadt erträumt hat, dachte Joseph. Immerhin hat er Arbeit gefunden. Und meine Mutter, eine Frau, die ihn geliebt hat. Wahrscheinlich hat sie ihn mehr geliebt, als ihm bewusst war. Nachdem er gegangen war, hat sie es mit keinem Mann mehr lange ausgehalten.

„Es wird dunkel", sagte der Alte. „Trinken Sie Ihren Tee. Wenn Sie noch bei Tageslicht ins Tal kommen wollen, sollten Sie sich auf den Weg machen."

Er blies Luft auf den heißen Kräutertee, um ihn abzukühlen. „Darf ich Sie wieder besuchen?"

„Wozu?"

„Ich würde gern mehr über meinen Vater erfahren."

Der Alte musterte ihn. „Ich habe keine Zeit, herumzusitzen und zu plaudern."

„Dann helfe ich Ihnen bei der Arbeit."

Mit einem Kopfschütteln stand der Alte auf. „Wenn Sie es nicht lassen können."

Wann immer er konnte, ging Joseph zur Keusche. Meist hackten sie gemeinsam Holz. Er trug es für den Alten hinunter nach Stranach oder nach Mariapfarr auf den Markt.

War sein Vater wie der Großvater gewesen, ein schweigsamer, fleißiger Anpacker?

„Kann schon sein", sagte der Großvater zwischen zwei Beilhieben, eine Antwort, die alles und nichts bedeuten konnte.

Wenn Vater so gewesen war, dann hatte er sich deutlich von Mutter unterschieden. Sie redete gern und viel. Wie hatten die beiden sich verstanden? Oder war gerade daran die Beziehung zerbrochen, an ihrer Verschiedenartigkeit?

Mutter sagte immer, Franz sei einfach verschwunden, ohne Abschied. Sie habe bei der Kommandantur des Fürsterzbischofs nachgefragt und erfahren, dass er fahnenflüchtig sei. Er war untergetaucht. Dass sie schwanger war, wusste er. War er aus Angst vor der Schande gegangen? Oder hatte er schon länger vorgehabt, die Muskete an den Nagel zu hängen, und Mutters ungewollte Schwangerschaft hatte ihm den Anstoß gegeben?

Joseph hob ein Aststück auf den Hackklotz und holte aus. Er spaltete es mit einem Hieb entzwei, die Hälften fielen rechts und links vom Klotz hinunter. „Hatte mein Vater ein besonderes Interesse? Eine Sache, die ihm Freude gemacht hat neben den Wachdiensten beim Fürsterzbischof?"

Der Großvater lud die Holzscheite in die Kiepe. „Musik. Er hat Musik geliebt."

Joseph erstarrte. Als habe er es gewusst, als habe er all die Jahre geahnt, dass die Musik ihn mit dem Vater verband.

„Das war der Moment, in dem ich angefangen habe, dir zu glauben", sagte der Alte und las kleine Splitter vom Boden auf. „Als du von deinem Geigeüben erzählt hast. Dein Vater hatte zwar keine Geige, aber er besaß eine Gitarre. In jeder freien Minute spielte er darauf, schon als Junge von kaum zwölf Jahren. Furchtbar war es. Er konnte nie Ruhe geben."

Stumm sank Joseph auf den Hackklotz nieder. Sie hätten zusammen musizieren können, der Vater und er. Hätte er ihn nur etwas früher gesucht, oder hätte Vater sich einmal bei Mutter nach ihm erkundigt! Dann hätten sie Lieder spielen können, er hätte auf der Geige die Melodie gespielt, und Vater hätte ihn begleitet.

In die Enttäuschung mischte sich eine bittere Süße. Der Vater hatte ihm doch etwas mitgegeben, ein Geschenk. Er hatte ihm seine Musikalität vererbt. „Was mochte er für Musik? Gab es Stücke oder Lieder, die er besonders gern gespielt hat?"

„Hab's vergessen. Von Musik verstehe ich nichts."

Jetzt erst wurde ihm bewusst, dass der Großvater ihn gerade geduzt hatte, zum ersten Mal. Er fängt an, dachte er, in mir seinen Enkel zu sehen. Endlich kam er in seiner

Familie an. Es war, als wäre er im Säuglingsalter auf einen fernen Kontinent gebracht worden und kehrte jetzt zurück in eine Heimat, die er nicht kannte, nach der er sich aber immer gesehnt hatte.

Als er an diesem Abend in den Pfarrhof zurückkehrte, ließ er das Abendessen ausfallen. Er holte seine Geige heraus und spielte den Anfang von Haydns Violinkonzert A-Dur, sehr langsam. Das hätte ich dir gern vorgespielt, Vater, dachte er.

Zehn Tage später besuchte er die Keusche erneut. Er fragte den Großvater, während sie den Zaun reparierten: „Habe ich Verwandte?" Womöglich liefen da draußen eine ganze Reihe von Onkeln und Tanten und Vettern herum und wussten gar nicht, dass er existierte.

„Du hast welche", sagte der Großvater, „aber ich habe keinen Kontakt mehr zu ihnen. Dein Vater mochte sie auch nicht. Geschwätzige Leute. Sie leben in der Nähe von Graz. Lohnt nicht, sie aufzusuchen."

Bei Taufen und Beerdigungen hielt er sich zurück, aber die Hausbesuche nutzte Joseph, um weitere Erkundigungen über seine Familie einzuziehen. Kein noch so anstrengender Fußmarsch durch das weite Tal konnte ihn abhalten. War das harte Urteil über die Grazer Verwandten berechtigt? Und was erzählte man sich über den Großvater?

Man sagte ihm, sein Großvater sei arbeitsam und zuverlässig, habe es aber nie zu etwas gebracht. Und Franz sei wegen seiner Musik bei den Mädchen beliebt gewesen. Mehrere von ihnen hätten Tränen vergossen, als er nach Salzburg abgehauen war.

Die Älteren schimpften auf die bayrischen Soldaten. Bei ihrem Abzug hätten sie das kostbarste Buch der ganzen Gegend gestohlen, eine große, auf Pergament geschriebene Bibel aus dem 15. Jahrhundert.

Immer wieder wanderte Joseph zur Keusche. Der Großvater akzeptierte ihn – auf seine eigene, ruppige Art – als Teil der Familie, zur Begrüßung sagte er jetzt nicht mehr: „Du schon wieder?" Stattdessen empfing er Joseph mit den Worten: „Du kannst die Axt holen. Wir haben einen Baum zu fällen." Oder: „Die Brombeeren sind reif, es wartet Arbeit auf uns."

Abends aßen sie dann gemeinsam eine Suppe. Der Großvater löffelte schweigend, und er, Joseph, erzählte von seinem Leben in Salzburg, von Domvikar Hiernle oder vom Streit mit dem Stiftschor in St. Peter, dem er als Sängerknabe und Violinist für sechshundert Auftritte im Jahr zur Verfügung gestanden hatte, um sich Mittagstisch und Abendbrot zu verdienen, und dessen Leiter ihm übelgenommen hatte, dass er zusätzlich Zeit fand, im Studentenchor zu singen.

Großvater gab ab und an einen Knurrlaut von sich, der wohl aussagen sollte, dass er zugehört hatte. Nach dem Essen stopfte er sich eine Pfeife, das war das Zeichen, dass er wünschte, allein zu sein.

Ein einziges Mal wagte Joseph, ihn zu berühren. Er legte ihm zum Abschied die Hand auf die Schulter und sagte: „Danke, Großvater, dass du heute wieder Zeit für mich hattest."

Der Großvater zog ein kariertes Taschentuch hervor und schnäuzte sich. „Ja, Junge", murmelte er, „ist schon gut."

Der Winter kam und mit ihm der Schnee. Er häufte sich in märchenhaften Formen auf. In Mariapfarr stäubte er von den Dächern und trieb in weißen Schwaden durch die Straßen. Wer konnte, verkroch sich in seine warme Stube, stopfte die Ritzen, um den kalten Wind draußen zu halten, und setzte sich auf die Ofenbank. Der Lungau wirkte einsam und doch friedlich.

Mitte Januar fand Joseph endlich wieder Zeit, zur Keusche hinaufzusteigen. Es schneite kräftig, der Weg kam ihm doppelt so weit vor wie sonst. Bis zu den Knien sank er ein, als er die letzten Schritte zur Keusche machte. Seltsam: Rings um das Haus lag der Schnee unberührt. Er reichte in sanften Hügeln bis an die Fensterbretter. Warum hatte Großvater ihn nicht fortgeschaufelt?

Joseph klopfte und rief den Großvater. Keine Antwort. Er klopfte erneut. War das ein leises Stöhnen im Haus?

Besorgt schob er die Tür auf. Ein Schneehaufen ergoss sich in die Stube. Joseph konnte die Tür nicht mehr hinter sich schließen, der Schnee blockierte sie. Er ließ sie offen stehen. Es war sowieso eiskalt im Haus.

„Großvater?", rief er.

Er eilte in die Schlafkammer. Der Großvater lag im Bett, mit blassem, eingefallenem Gesicht. „Geht es dir nicht gut?" Joseph beugte sich über ihn.

„Ich dachte schon, du kommst gar nicht mehr." Großvater hustete, es klang wie das tiefe, grollende Bellen einer Bulldogge. „Mit mir geht's zu Ende."

Diese dünne Decke! Großvaters Schultern, das Becken und die spitzen Knie zeichneten sich als Hügellandschaft ab. Das geflickte Ding konnte ihn doch unmöglich wärmen. Und zum Heizen hatte er offenbar keine Kraft gehabt. „Wie lange liegst du schon so?"

„Ein paar Tage."

„Ich trage dich runter in den Ort. Du brauchst Pflege!"

Großvaters Gesicht verfinsterte sich. „Durch dieses Schneetreiben? Da bin ich tot, bevor wir unten ankommen." Er klammerte sich mit knochiger Hand an den Bettrahmen. „Ich bleibe in meinem Haus. Ich sterbe hier."

„Du stirbst überhaupt nicht. Lass dir das ja nicht einfallen!“ Joseph zog seinen Mantel aus und breitete ihn über der dünnen Decke aus. Er rückte ihn so zurecht, dass er Großvater bis zum Kinn bedeckte, und stopfte ihn in die Seiten zwischen Bettkasten und Matratze aus gepresstem Stroh. „Dir wird bald wieder warm sein.“ Er ging in die Stube und schaufelte mit bloßen Händen die Eingangstür frei, bis er sie wieder schließen konnte. Dann schichte er Holz in den Kochofen und schlug mit Feuerstein und Stahl Funken auf den Zunderschwamm. Seine Atemluft wölkte vor dem Mund, so kalt war es im Haus. Als endlich der Zunderschwamm aufglühte und das Holz Feuer fing, schloss er die Luke bis auf einen schmalen Spalt.

Verzweifelt suchte er nach Zutaten für eine Suppe. Wie konnte ich Großvater nur so lange allein lassen!, schalt er sich. Ich hätte mir doch denken müssen, dass er mit seinen sechsundachtzig Jahren nicht mehr durch den tiefen Schnee kommt.

Er fand nichts, nur Mehl, also holte er mit dem Topf etwas Schnee von draußen und stellte ihn auf den Kochofen, bis der Schnee geschmolzen war. Er rührte Mehl unter. Mehlsuppe war besser als nichts. Hauptsache, der Großvater bekam etwas in den Bauch, das ihn nährte und von innen wärmte. Das Feuer prasselte, er blieb für einen

Moment vor dem Ofen stehen und hielt die kalten Hände vor die Luke.

Mit der heißen, gefüllten Schüssel und Großvaters hölzernem Löffel kehrte er in die Schlafkammer zurück. Der Großvater war eingeschlafen. Sollte er ihn schlafen lassen? Auch das tat ja gut, wenn man krank war. Andererseits sah er so abgehärmt und ermattet aus – was war, wenn er nicht mehr aufwachte?

Er setzte sich auf die Bettkante, stellte die Suppenschüssel auf das Nachttischchen und rührte sanft an Großvaters Arm. Die Augenlider hoben sich und die hellen graublauen Augen sahen ihn an. „Was hast du da?"

„Ich füttere dich mit etwas Mehlsuppe, ja?"

„Ich kann selbst essen." Großvater warf ihm einen wütenden Blick zu, machte aber keine Anstalten, nach dem Löffel zu greifen.

Joseph tunkte den Löffel in die Suppe und hob ihn gefüllt heraus. Er blies darauf. Nach einer Weile prüfte er mit den Lippen: Man verbrannte sich nicht mehr daran. Er führte den Löffel zu Großvaters Mund. Gehorsam schlürfte der Großvater die Suppe heraus.

„Ist sie zu heiß?", fragte er.

„Nein", murmelte der Großvater. Er schlürfte den nächsten Löffel. Und noch einen. Nach dem achten Löffel ließ er sich auf das Kissen zurücksinken und sagte, er sei satt.

„Aber das kann nicht sein! Wann hast du zuletzt etwas gegessen? Das muss doch Tage her sein."

„Ich brauch nichts mehr. Ich habe in diesem Leben genug gegessen."

Joseph sah zum Fenster. Ob es noch schneite, konnte er wegen der Eisblumen auf der trüben Scheibe nicht erkennen, aber es wurde bereits dunkel, das sah man deutlich. „Ich bleibe heute Nacht hier. Morgen gehe ich und besorge dir Huflattich, Fenchel, Spitzwegerich und Lungenkraut. Und ich kaufe ein Huhn. Hühnersuppe wird dich kräftigen."

Großvater hustete. Er fragte röchelnd: „Betest du mit mir?"

Joseph erschauderte. Er hatte bisher erst wenigen Menschen die Sterbesakramente gespendet, aber er hatte dabei den Eindruck gewonnen, dass sie mitunter ihr Ende nahen spürten. Was, wenn er wirklich starb?

So wenige Wochen wären ihnen dann nur vergönnt gewesen! Es gab etliche Fragen, die er noch hatte stellen wollen. Wenn Großvater starb, würde es Dinge geben, die er nie erfahren würde. Und er hatte doch gerade erst angefangen, ihn kennenzulernen und lieb zu gewinnen – da sollte er ihn schon wieder loslassen?

Er würde ihm Stirn und Hände nicht salben können ohne das kleine Ölgefäß mit dem *Oleum infirmorum*. Der

Weg hinunter in den Ort war zu weit, bei seiner Rückkehr würde der Großvater womöglich schon gestorben sein. Kurz zog er in Erwägung, Olivenöl aus der Küche zu verwenden, verwarf das aber sofort wieder. Für die letzte Ölung war seitens der Kirche nur das Öl gestattet, das am Gründonnerstag in der Ölmesse durch den Bischof geweiht worden war.

„Vater unser, der du bist im Himmel", betete er, und der Großvater bewegte die Lippen mit. „Geheiligt werde dein Name. Zu uns komme dein Reich. Dein Wille geschehe, wie im Himmel, also auch auf Erden. Unser tägliches Brot gib uns heute. Und vergib uns unsere Schuld, wie auch wir vergeben unsern Schuldigern. Und führe uns nicht in Versuchung, sondern erlöse uns von dem Übel. Amen."

„Amen", sagte der Großvater nachdrücklich. Er öffnete die Augen und betrachtete Joseph. Beinahe zärtlich ruhte sein Blick auf ihm. „Du siehst deinem Vater ähnlich, weißt du das?"

Joseph schluckte.

„Bleib hier sitzen. Auch wenn ich die Augen schließe. Es hilft mir, dass ich dich in der Nähe habe."

„Ich gehe nirgendwohin", versprach er. Da hatte der Großvater schon die Augen geschlossen.

Die unbekannten Verwandten aus Graz hatten keine Ahnung, wer er war. Sie sahen während der Beerdigung durch ihn hindurch, hörten ihn die Gebete sprechen, sahen zu, wie er das Weihrauchfässchen gegen das geöffnete Grab schwenkte und den Sarg, während er hinabgesenkt wurde, mit Weihrauch inszenierte. Dass er den Sarg mit Weihwasser besprengte und mit einem kleinen Schäufelchen dreimal Erde auf den Sarg warf, war ihnen selbstverständlich, schließlich war er Priester. Sie wussten nicht, dass auch er selbst von Joseph Mohr Abschied nahm.

Höflich luden sie ihn zum anschließenden Totenmahl ein. Er sagte zu. An der Tafel wurde viel geredet, wie Großvater prophezeit hatte. Dass ihm die Männer, Frauen und Kinder derart fremd waren, ließ ihn innerlich frösteln. Es war, als habe man ihm diese Familie per Los zugeteilt. Er suchte nach Gemeinsamkeiten, nach Themen, die sie verbanden, und griff ins Leere. Es wollte sich keine Vertrautheit einstellen.

Beim Hauptgang, Rindfleisch mit Knödeln, nahm er allen Mut zusammen und sagte, er müsse eine Bekanntgabe machen. „Ich bin mit Ihnen verwandt. Mit Ihnen allen. Franz Mohr war mein Vater."

Gabeln verharrten in der Luft. Becher wurden abgesetzt. Die Verwandten sahen ihn an wie einen Stein, der zu sprechen begonnen hatte.

„Joseph hat mich in seinen letzten Wochen noch als Enkel aufgenommen. Ich wusste nicht, dass es Sie alle gibt."

In den Gesichtern stand Abwehr zu lesen. Kühl runzelten die Männer die Stirn. Jeder von ihnen hatte ja sein Leben gelebt, ohne von ihm zu wissen. Sie hatten sich nie zu Namenstagen besucht, kannten weder seine Mutter noch seine Halbschwestern, und von ihm wussten sie nicht mehr, als dass er Priester war. Kein Wunder, dass sie ihn so misstrauisch musterten.

„Ich möchte nichts vom Erbe", sagte er. „Ich wollte mich Ihnen nur vorstellen, da wir ja … also … Verwandte sind."

Nur mühsam kamen die Gespräche wieder in Gang, und der eine oder andere rückte nach vorn und schüttelte ihm zurückhaltend die Hand. Später an diesem Abend, in seiner Kammer im Pfarrhof, fühlte er sich einsam wie noch nie. Still saß er auf dem Stuhl und starrte an die Wand.

Er dachte an Weihnachten. Damals, zu biblischen Zeiten, war die Familie vollständig gewesen: Josef war bei Maria geblieben, auch wenn er anfangs wütend gewesen war und nicht verstanden hatte, wie seine Verlobte hatte schwanger sein können. Er musste geglaubt haben, sie sei ihm untreu geworden. Bis ihm ein Engel erklärte, dass sie den Erlöser zur Welt brachte, Gottes Sohn. Wie schön musste die Versöhnung der beiden gewesen sein!

Und dann diese Nacht im Stall, die dampfenden Schafleiber, das Stroh. Das Kind in der Krippe.

Er setzte sich an den kleinen Tisch, nahm das Messer und spitzte die Feder an. Er schraubte das Tintenfass auf. Ein Blatt Papier lag noch von seiner letzten Predigtausarbeitung da, es war zwar zur Hälfte mit Notizen gefüllt, aber das störte ihn nicht. Er tunkte die Federspitze ins Fässchen und schrieb:

Stille Nacht! Heilige Nacht!
Alles schläft.

Draußen war die feindliche Welt gewesen, die Häscher des Herodes, die jeden Neugeborenen aufzuspüren versuchten, um ihn zu töten, weil König Herodes einen Usurpator fürchtete. Aber hier im Stall war die Familie beisammen, die von Gott geheiligte Familie. Hier im Stall begann Gott, die Menschheit zu retten.

Er schrieb:

Einsam wacht
Nur das traute heilige Paar
Holder Knab' im lockigen Haar,
Schlafe in himmlischer Ruh!
Schlafe in himmlischer Ruh!

Eben noch war ihm danach zumute gewesen, sich niederzulegen. Jetzt aber pochte ihm das Herz in der Brust und er musste lächeln. An einem schrecklichen Tag wie diesem hatte er etwas Schönes zustande gebracht.

Er legte die Feder beiseite und ging in der Kammer auf und ab. Dieses Bild ging ihm nicht aus dem Kopf: die kleine Familie, durch die Volkszählung ihrem Heimatort entrissen und in das überfüllte Betlehem gespült. Hatten sie genug zu essen gehabt? Erhitzte ihnen jemand Wasser, stand eine andere Frau Maria bei der Geburt bei? Josef musste Angst um sie gehabt haben. Und Maria, wie musste sie sich um das Kind gesorgt haben im stinkenden Stall voller Schafexkremente. Aber es brüllte nicht, es schlief erschöpft, und sie waren glücklich.

Er setzte sich wieder an den Tisch. Weil die Kerze niedergebrannt war, nahm er eine neue Kerze und hielt ihren Docht in die Flamme der alten. Er nahm das Feuer gierig an. Joseph steckte sie auf die alte Kerze und hielt sie fest, bis das warme Wachs erkaltet war und die beiden Kerzen sich verbunden hatten.

Er nahm die Feder auf und schrieb:

Stille Nacht! Heilige Nacht!
Gottes Sohn! O! wie lacht
Lieb' aus deinem göttlichen Mund,

Da uns schlägt die rettende Stund,
Jesus! in deiner Geburt!
Jesus! in deiner Geburt!

Stille Nacht! Heilige Nacht!
Die der Welt Heil gebracht,
Aus des Himmels goldenen Höh'n
Uns der Gnaden Fülle lässt seh'n:
Jesum in Menschengestalt!
Jesum in Menschengestalt!

Stille Nacht! Heilige Nacht!
Wo sich heut alle Macht
Väterlicher Liebe ergoss
Und als Bruder huldvoll umschloss
Jesus die Völker der Welt!
Jesus die Völker der Welt!

Gerade sechs Jahre war es erst her, da hatten die Bayern das österreichische Heer vor Salzburg geschlagen und die Gegend geplündert. Wenige Wochen später waren die Franzosen gekommen und hatten die Stadt besetzt. Als die Soldaten marodierend durch die Straßen zogen, als sie in die Läden einbrachen und in die Häuser, da war er zum ersten Mal im Leben froh gewesen, dass ihre Kammern in einem unansehnlichen Gebäude angemietet waren, das hinter die anderen Häuser zurückgesetzt war, als würde es sich schämen, überhaupt zur Stadt zu gehören. Die zwanzig Steinstufen waren den Soldaten zu viel Mühe, sie zogen vorüber.

Dann hatte Österreich die Stadt Salzburg an Bayern abtreten müssen, seit sechs Jahren stand sie unter bayrischer Herrschaft. Trotzdem hatten Bayern und Österreich gemeinsam mit den Russen vor drei Jahren Napoleon bekämpft und in gewaltigen Schlachten besiegt. Junge Männer lernten, einander zu hassen, und bekämpften sich bis aufs Blut, sie brannten sich gegenseitig Kugeln durch die Uniform, stießen sich Bajonette zwischen die Rippen, mordeten und zerstörten.

Ihr seid Brüder, sagte dagegen Jesus, ob Franzose oder Österreicher, ob Bayer oder Preuße oder Russe, ihr seid meine Geschöpfe und damit Brüder.

Er las die letzten Zeilen noch einmal:

Und als Bruder huldvoll umschloss
Jesus die Völker der Welt!
Jesus die Völker der Welt!

Er blies die Kerze aus und legte sich schlafen. Hatte nicht Jesus später als erwachsener Mann gelehrt, man dürfe Gott

„Abba“ nennen, eine kindliche Form des aramäischen „Ab“ für „Vater“, also „Papa, Papi“? Gott wünschte sich, mit den Menschen eine Familie zu sein.

„Du bist jetzt meine Familie, Gott“, sagte er in die Dunkelheit des Zimmers hinein.

Am nächsten Tag trug er mit eigener Hand den Tod seines Großvaters in das Kirchenbuch ein. Es kam ihm vor, als zöge er einen Schlussstrich unter eine bedeutungsvolle Geschichte. Er, Joseph, war nicht mehr wichtig, er war das verlorene Anhängsel einer gescheiterten Familie. Aber er hatte den Großvater noch kennengelernt.

Nachmittags suchte ihn ein Verwalter auf, ein Mann mit Halbglatze und fettiger Stirn. Er trug ein unförmiges, längliches Paket bei sich und sagte Joseph mit geschäftiger Trauermiene, man habe das Testament seines Großvaters gefunden, er erbe nichts. Nur diese alte Gitarre.

Staunend nahm Joseph sie entgegen und wickelte sie aus. Das Holz war angestoßen und fleckig. Er zupfte die Saiten. Sie waren fürchterlich verstimmt. Dennoch besaß die Gitarre einen herrlichen, vollen Klang.

„Sie hat Ihrem Vater gehört, Franz Mohr, so steht es im Testament“, sagte der Verwalter. Er bat um eine Unterschrift, mit der er quittieren solle, dass ihm das Instrument ausgehändigt worden sei.

Joseph unterschrieb mit zitternder Hand. Auch wenn er die Gitarre vom Großvater erhielt, sie erschien ihm wie ein Gruß seines Vaters Franz. Wie ein sichtbares Zeichen, dass er ihn als seinen Sohn akzeptierte. Warum hatte der Großvater ihm nie vom Instrument erzählt?

Vielleicht ging die Geschichte doch weiter. Gott hatte sie noch nicht zu Ende erzählt.

Mit weichen Knien schloss er die Tür der Kammer. Er roch an der Gitarre. Streichelte das Griffbrett, auf dem in so vielen Stunden die Hand seines Vaters gelegen hatte. Er legte sie sich vor den Bauch und stimmte behutsam die alten Saiten. Dann zupfte er das Lied *Herr! großer Gott! dich loben wir* und summte die Melodie dazu. Er musste abbrechen. Lange saß er da und atmete und betrachtete die Gitarre und verspürte die Würde dieses Augenblicks.

Anderthalb Jahre später

Sie knallte die Wäsche auf das Waschbrett und rieb sie darüber. Das eisige Wasser der Salzach betäubte ihre Finger. Aber Jackl ging zur Schule, er brauchte eine saubere Hose. Sie tunkte die Hose ins Flusswasser und spülte sie aus. Dann schrubbte sie erneut damit über das Waschbrett.

Manche der anderen Frauen unterbrachen von Zeit zu Zeit das Wäschewaschen und schauten sehnsuchtsvoll den Fluss hinunter, weil sie auf die Rückkehr ihres Mannes warteten.

Sie schaute nicht. Karls letzter Auftrag war abgesagt worden. Er hatte zwar ein Aufgabegeld erhalten, aber das war weit weniger gewesen als die achtzig Kreuzer am Tag, die er bei der Fahrt verdient hätte. Entsprechend war er gestimmt. Die Hälfte des Aufgabegelds hatte er schon im Wirtshaus vertrunken, und der Rest würde ebenfalls seine

Gurgel hinunterfließen, wenn sie nicht heute Abend einen Teil davon erbettelte und Mehl und Milch und Kletzenbrot kaufte. Wahrscheinlich würden sie nächste Woche wieder bei den Kapuzinern um Klostersuppe betteln oder im Wald nach Wurzeln suchen müssen, oder sie aßen Klee.

„Der macht's nicht lang, der neue Hilfspriester", sagte Thres, ihre Nachbarin. „Den rauen Ton der Schiffer wird er nicht aushalten, der ist ganz schnell verschwunden."

„Eijawoi!" Die Frauen nickten. In ihren Augen war sein Schicksal besiegelt.

Sophie empfand Genugtuung. Sie hatte dasselbe durchgemacht. Warum sollte es ihm besser gehen? Als sie nach Österreichisch Laufen gekommen war, weil sie sich in Karl verliebt hatte, war sie von den Schifferfamilien behandelt worden wie ein Neunauge, ein kleiner Köderfisch, den man achtlos über Bord wirft, weil er zu mickrig ist. Sie waren die Donaulachse, die Huchen gewesen. Sie hatten den Ton angegeben. Schifferfamilien verheirateten ihre Kinder nur untereinander, ihr als Spielmannstochter trauten die Schiffer nichts zu.

Und ihre Familie in Mühldorf am Inn war genauso dagegen gewesen, dass sie einen Schiffer heiratete. Überleg dir das gut, Sophie, hatten sie gesagt. So ein Schiffer hat nicht viel und er ist ständig unterwegs. Später hatte sie mitbekommen, dass man sogar hier in Österreichisch Laufen Witze darüber machte:

Dirndl heirat koan Schöffmann,
du heiratst in d'Not.
Hast im Summa koan Mann
und im Winta koan Brot

Leider entsprach es der Wahrheit: Den ganzen Sommer über war der Mann unterwegs. Und im Winter, wenn der Fluss zufror, hatte er keine Arbeit und man hatte nichts zu essen.

Wer selbst etwas Schweres durchgemacht hatte, wer sich seinen Platz im Leben hart erringen musste, wollte nicht, dass es andere leichter hatten. Sie schämte sich dafür, aber etwas in ihr wollte, dass Joseph Mohr das Wasser bis zum Hals stand wie ihr in ihren ersten Jahren hier.

Sie wrang die Hose aus und legte sie zu den anderen Wäschestücken in den Korb. „Ich geh zur Bleichwiese", sagte sie. Es war nicht weit. Auf der Wiese breitete sie die Wäsche aus. Wehe, wenn wieder die Gänse auf die Wiese kamen und über die Wäschestücke trampelten. In einer Stunde würde sie zum Nachfeuchten kommen müssen, damit die Sonne keine Flecken in die Wäsche brannte. Entdeckte sie dann eine Gans, würde sie ihr den Hals umdrehen, eigenhändig, und sie rupfen und morgen zum Mittagessen servieren. Da konnten die Prünningers ihretwegen vor Gericht gehen.

Als sie mit dem leeren Korb auf den Weg trat, lüpfte ein Mann zum Gruß den Hut. Das musste er sein, der neue Hilfspriester. Sein Gesicht war schmal und er trug einen beigefarbenen Sommermantel. Sie hatte in ihrem ganzen Leben keinen Geistlichen gesehen, der etwas anderes als Schwarz trug. War es den Priestern überhaupt erlaubt, ohne schwarze Kleidung aus dem Haus zu gehen? Und was sollte der Mantel, es blies doch noch nicht einmal der Herbstwind! Kein Zweifel, das war ein Städter, einer, der Theologie studiert hatte und Bücher las und sich was aus Orgelmusik machte.

In seinem braunen Haar hingen Lindenblüten, er merkte es nicht. Er sagte: „Entschuldigen Sie, ich frage mich, was es für die Bevölkerung bedeutet, dass die Stadt in zwei Hälften geteilt wurde. Ich meine, Laufen war tausend Jahre lang eine Stadt, und jetzt plötzlich geht die Staatsgrenze mitten hindurch und es gibt den bayerischen Teil und Österreichisch Laufen. Werden da nicht Freundschaften auseinandergerissen? Oder sogar Familien? Wenn der Bruder auf der anderen Flussseite wohnt und die Schwester hier, das muss doch fürchterlich sein.“

„Man kann ja über die Brücke gehen.“

Er sah zur Flussmitte hin, wo neuerdings die Staatsgrenze verlief. „Bitte verzeihen Sie."

„Dass wir plötzlich Zoll bezahlen sollen, wenn wir etwas hinübertragen, ist ungewohnt", sagte sie. „Und wir haben keinen Friedhof mehr und kein Pfarrhaus."

„Haben Sie Kinder?"

Verdattert antwortete sie: „Den Jackl." Was interessierte ihn das?

„Wie alt ist er denn?"

„Sechs."

„Also gerade eingeschult?"

„Nein, schon letztes Jahr." Sie stritt seitdem mit Karl darüber, was aus Jackl werden sollte. Sieben Jahre lang ging man werktags zur Schule und war sogenannter „Werktagsschüler", bis man dreizehn war. Danach besuchte man nur noch feiertags und sonntags die Schule, an Werktagen mussten die Kinder arbeiten. Schlimm genug. Aber Karl wollte, dass Jackl mit zwölf Schiffsbube wurde, mit zwölf! Da hätte er die letzten anderthalb Schuljahre verpasst. „Kommt nicht infrage", hatte sie ihm gesagt, auch wenn es sie allen Mut gekostet hatte, weil Karl mal wieder betrunken gewesen war.

Karl wurde weiß um die Nase. „Der Junge wird Salzschiffer wie ich", polterte er. „Was soll er da in der Schule!"

„Vielleicht wird er ja auch Gnoß. Dann ist er für die Auszahlung und für die Ausrüstung der Schiffe zuständig und muss gut schreiben und lesen und denken können."

„Unsinn. Der Junge rudert! Wenn er wirklich so ein helles Köpfchen hat und was Bessres sein will als ich, dann soll er Steurer werden. Aber das will ich erst mal sehen, wie er das schafft."

„Jackl hat gute Noten. Er sollte die komplette Schulzeit mitmachen."

„Setz ihm nicht diese Flausen in den Kopf, Sophie, hast du mich verstanden, Kruzitürken! Der Junge geht aufs Schiff mit mir!"

Sie sagte nichts mehr, aber er konnte ihr sicher ansehen, dass sie nicht nachgeben würde. Es ging um ihr Kind. Sie war bereit zu kämpfen, auch wenn sie vor Aufregung zitterte.

„Teufelsweib." Obwohl er gerade erst von dort gekommen war, hatte er die Tür der Wohnstube zugeworfen und das Haus verlassen, um in die Wirtschaft zu gehen und zu trinken. So hatte er Rache an ihr genommen. Oder seinen Unwillen ertränkt, dass er ausgerechnet diese Fremde geheiratet hatte, die nichts von den Gepflogenheiten der Flussschiffer wissen wollte.

Joseph Mohr sah sie immer noch an mit seinen freundlichen hellen Augen. Sie ließ sich zu der Bemerkung hinreißen: „Und so schnell soll er die Schule auch nicht mehr verlassen."

Natürlich wollte der Priester wissen, was sie meinte.

„Mein Mann will ihn mit aufs Schiff nehmen."

Nun war Joseph Mohr verblüfft. „Aber ich dachte, das ist üblich hier. Die meisten im Ort sind Schiffsleute, oder?"

„Er soll ja auch Schiffer werden dürfen. Aber…" Was aber? Was wollte sie eigentlich? „Nicht *nur* das."

Joseph Mohr nickte. „Ich werde mal mit dem Lehrer reden."

Wollte der Jackl nicht sowieso mit aufs Boot zu seinem Vater? Aber das lag nicht daran, dass er vom Tagewerk der Schiffer begeistert war. Er wollte Karl gefallen. Wollte es ihm recht machen. Karl hatte ihn immer überfordert. Mit vier Jahren musste er schwimmen lernen. Vor lauter Angst weinte er jedes Mal, wenn der Vater mit ihm zum Fluss ging. Und letzten Winter sollte er Löcher ins Eis hacken, zum Angeln, aber ein Knabe in diesem Alter bekam doch kaum die schwere Axt hochgehoben, geschweige denn, dass er das dicke Flusseis durchschlug. Warum musste Karl ihm so zusetzen? Als wollte er beweisen, wie hoch er über dem Jungen stand.

Sie sah dem Priester nach. Plötzlich drehte er sich um und rief: „Ich bin Joseph Mohr, der neue Priester im Ort."

„Ich weiß."

„Und Sie?“

„Sophie Jüttner.“

Er lüpfte den Hut und ging weiter.

Wie kam es, dass er so ausgeglichen und freundlich wirkte, obwohl er sich hier doch fremd fühlen musste? War er nicht einsam? Er kannte niemanden.

Am Sonntag, zur ersten Predigt von Joseph Mohr, kamen selbst die in die Nikolauskirche, die sonst nachlässiger mit dem Gottesdienstbesuch waren. Die Bänke waren gut gefüllt. Er hat eine schöne Stimme, dachte Sophie, als er das „Gloria“ anstimmte. So sanft und warm.

Sie sangen. Beim anschließenden „Dominus vobiscum“ blickte er sie an. Sicher dachte er an ihr Gespräch zurück. Mechanisch antwortete sie, mit allen anderen: „Et cum spiritu tuo.“

Nach dem Tagesgebet, der Epistel und dem Evangelium senkte sich knisternde Stille über die Kirche. Man konnte die Spannung mit Händen greifen. Was würde das Thema seiner ersten Predigt sein?

„Wir erwarten“, sagte er, „von Gott versorgt zu werden. Wir freuen uns daran, wenn wir hören: Seht doch die Vögel, sie säen nicht und ernten nicht, und Gott gibt ihnen, was immer sie brauchen. Aber soll ich das hungernden Familien predigen? Denen, die durch die französischen oder die bayrischen Soldaten misshandelt wurden, denen

Kanonenkugeln das Haus zerschossen haben oder denen man das Vieh abgeschlachtet hat? So einfach ist es nicht auf der Welt. Die Indianer Nordamerikas beten um irdisches Glück und versuchen, sich die Geistermächte günstig zu stimmen – und wir sind kaum anders. Wir versuchen, uns Gott gewogen zu machen, um mehr Wohlstand, Gesundheit und Erfolg zu haben. Aber ich glaube nicht, dass es Gottes Priorität ist, uns das Leben sicher und angenehm zu machen."

Wo sollte diese Predigt hinführen? War es nicht das Ziel von jedermann, gottgefällig zu leben, damit der Herr Gesundheit schenkte und Wohlstand und Schutz? Mit seiner Predigt würde er Unmut hervorrufen, gerade bei den Schiffern. Sie sah sich um. Diese finsteren Mienen konnten ihm nicht entgehen.

Die Schiffer liebten ihren Nutzglauben. Sie hatten mit ihm die gefährliche Flusswelt im Griff. Das hatte sie bereits nach einem halben Jahr Ehe mit Karl erkannt. Zur Philippsnacht malten die Schiffer doppelte Drudenfüße über Türen, Fenster und Türstöcke, damit keine Druden bei ihnen eindrangen, alte Weiber, die sich bleischwer auf ihr schlafendes Opfer legten und es erstickten. Drudensteine halfen ebenfalls, glatt gespülte Steine mit einem Loch in der Mitte, wie man sie manchmal am Ufer der Salzach fand. Die bewahrte man sorgfältig auf und legte sie zur

Drudennacht ins Fenster oder unter das Kopfkissen, dann war man gegen den „Drudendruck“ gefeit. Andere stellten einen Besen hinter die Eingangstür, direkt vor das Schlüsselloch und verkehrt herum, mit dem Stiel nach unten, damit sich die Drude, die durch das Schlüsselloch hereinzukommen versuchte, im Gewirr des Besenbartes verfing. Die Schiffer hatten eine Heidenangst vor den Druden.

Und pfeifen, das durfte man auf keinen Fall auf dem Schiff, sonst hieß es: „Du pfeifst den Wind her!“ Das lernten die Schifferbuben gleich als Erstes, zur Not mit schmerzhaften Hieben. Niemand pfiff an Bord. Den Wind fürchteten die Schiffer nämlich beinahe so sehr wie die Druden, er peitschte das Wasser auf und brachte das Schiff und die Ladung ins Schwanken, am Ende konnte man die Fracht verlieren oder gar das Leben.

Und weil Drudensteine und Enthaltung beim Pfeifen nicht genügten, brauchte man noch Gott. Für den Rest an Schutz sozusagen. Die Geistermächte zu verscheuchen und sich durch gewisse Handlungen stattdessen Gott gewogen zu machen, war in Österreichisch Laufen Alltag. Bei den Stromschnellen stand die Nikolauskirche. Da sollte der Heilige Nikolaus helfen. Der Heilige Nepomuk hatte den Flussübergang zu sichern, deshalb stand sein Bildnis überlebensgroß auf der Brücke, und am 16. Mai, dem Namenstag des heiligen Nepomuk, hängte man der Figur das

Nepomukkreuz um, das im Schiffermagazin aufbewahrt wurde, ein eisernes Kreuz mit Messingstern und eingefassten roten Glassteinen. Der heilige Christophorus schützte die Siedlung und den Landeplatz. Das waren die drei Wasserheiligen, Nikolaus, Christophorus und Nepomuk. Wenn die Schiffer eine Kirche bauten, erwarteten sie im Gegenzug Hilfe, das sahen sie ganz pragmatisch, sie kauften sich Schutz.

Zur Erinnerung daran standen Schifferkreuze am Ufer, und während der Fahrt den Fluss hinunter schlugen die Schiffer mit dem Ruder ein Wasserkreuz vor diesen Schifferkreuzen. Karl tat das genauso wie alle anderen.

Sein tägliches Morgengebet erinnerte an einen Zauberspruch: „Heut am heiligen Dienstag wird uns Gott beschützen, zu Wasser und zu Land. Es geschehe, Herr Jesus, in deinem Namen. Gottsnam! Der allerheiligsten Dreifaltigkeit! Unsere liebe Frau steh uns bei und verlass uns nicht!" So betete er am Mittwoch und am Donnerstag und so weiter, nur am Montag sagte er zusätzlich: „Heiliger Johannes von Nepomuk, schenk uns an glücklichen Tag und a guati Wocha!"

Kinder erhielten den Namen des Kalenderheiligen ihres Geburtstags, aber die Taufe musste so nah wie möglich am Geburtstag liegen, sonst ließ die Schutzkraft nach und es gäbe dann körperlich oder geistig behinderte Kinder.

Die Rossleute, die mit ihren Pferden die Boote wieder flussaufwärts zogen, schmückten jährlich ihre Tiere mit bunten Bändern und ritten sie drei Mal um die Wallfahrtskirche Maria Bühel, und der Priester segnete die Pferde mit Weihwasser, sie glaubten, ihre Pferde und sie seien damit vor Unglück geschützt. Schon mehrfach hatte der Erzbischof versucht, es zu verbieten, aber die Rossleute machten den Umritt trotzdem. Selbst die Bauern machten mit ihren Pferden mit, um ein wenig Segen abzubekommen. Würde Joseph Mohr dieser Tradition Einhalt gebieten? O, sie würden ihn hassen deswegen. Jeden Unfall, jedes schlechte Wetter würden sie ihm künftig zu Lasten legen.

Er begann, ihr leidzutun. Innerhalb kürzester Zeit würde er sich die Zukunft im Ort verdorben haben.

Sie brachten dem Fluss sogar Opfer! Zu Fronleichnam wurden vier Hostien in das Wasser geworfen, offiziell für die ertrunkenen Schiffer. Dazu setzte man zahllose Blumenkränze ins Wasser. Während die Kränze flussabwärts unter der Brücke hindurchschwammen, beteten alle für das Heil der Schifffahrt. Es war, als wollten sie den Fluss besänftigen. Und doch ertranken wieder Menschen, im letzten Hochwasser allein vier, und es gab weiterhin tückische Sandbänke und Stürme.

Sie selbst, Sophie, war längst ins Zweifeln geraten. Stimmte es nicht, dass Gemüse armselig und kränklich wurde, wenn man es an den Schwendtagen säte oder pflanzte? Jeder kannte die Daten, 31. März, 17. August, 1., 2. und 30. September. Am 1. April war Judas geboren, am 1. Dezember Sodom und Gomorrha vernichtet worden und so weiter.

Wo der Oichtenbach in die Salzach mündete, sammelten sich die Wassergeister. Wenn man in der Abendstunde dort vorbeikam, rief man: „Reit ab, reit ab!", und wenn man eine Peitsche besaß, ließ man sie knallen, um die Flussdämonen zu vertreiben. Auch ihr wurde jedes Mal unheimlich an diesem Ort.

Joseph Mohr predigte: „Mose zog heimatlos durch die Wüste. Johannes der Täufer aß Heuschrecken und wilden Honig und gürtete sich mit einem Strick, und auch wenn ihn Jesus später den größten Menschen nannte, der je gelebt hatte, wurde Johannes im Alter von Anfang dreißig in der Festung Machärus hingerichtet, und Jesus tat kein Wunder, um ihn zu retten. Jesus warnte die Jünger, seine engsten Mitarbeiter, schon zu Anfang: Wenn ihr mit mir zieht, habt ihr kein Bett, kein Zuhause, und es gibt Streit mit eurer Familie."

Die Leute in der Kirche wurden unruhig. Er verdirbt es sich mit ihnen, dachte Sophie, die erste Predigt wäre seine Chance gewesen, die Schiffer zu gewinnen. Jetzt hat er sie verspielt.

Joseph verstummte und sah die Zuhörer schweigend an. Er wartete, bis sich die Unruhe legte. Dann sagte er: „Vielleicht ist das Leben mit Gott wilder und abenteuerlicher, als wir denken. Er verspricht keine Sicherheit und keinen behäbigen Komfort. Der Großteil unserer Gebete dreht sich darum, aber Jesus sagte: Es bringt nichts, wenn ihr euch den ganzen Tag Sorgen über das Morgen macht. Euch entgeht dabei der Blick auf das Größere auf dieser Erde, der Blick auf Gott.“ Er räusperte sich. „Ich glaube nicht, dass Jesus mit dem Gleichnis von den Vögeln und den Blumen sagen wollte, dass wir die Hände in den Schoß legen und sagen sollen: Gott macht das schon. Nein. Wir tragen Verantwortung füreinander.“

Wieder wurde es unruhig. Er wartete, als wolle er, dass sie über das nachdachten, was er gesagt hatte. Sophie fühlte sich angeregt von seinen Worten. Er machte die Welt größer. Und er sah mehr Verantwortung bei den Menschen als bei der Geisterwelt. Ein gewöhnlicher Priester war das nicht. Er erwartete, mit einer einzigen Predigt etwas zu ändern.

Endlich schlüpfte er wieder in das Messgewand und sang: „Credo in unum Deum“. Erleichtert stimmte sie in das Credo-Lied ein. Aber der Gesang war schwächer geworden. Viele Schiffer sangen nicht mehr mit.

Nach dem Gottesdienst, am Ausgang, brummte Karl: „Ich geh in die Wirtschaft.“

Natürlich, es gab genug zu besprechen. Der Priester hatte Anlass zu wilden Diskussionen gegeben. Schade nur, dass Karl seine Gedanken nie mit ihr besprach, sondern immer nur mit seinen Schifferkollegen. Mit wem sollte sie ihre Fragen und Einsichten teilen? Sie ging mit Jackl nach Hause.

Gedankenverloren stellte sie Milch auf den Ofen, dann aßen sie die warme Milch mit eingebrocktem Brot. Jackl wünschte sich, dass sie „Mühle" spielten, und Sophie gab nach. Sie ließ ihn gewinnen. Euphorisch baute er Zwickmühlen. Er fragte: „Hat Opa früher Fickmühle gesagt? Der Opa von Rupert sagt immer Fickmühle dazu."

„Früher hatte das Wort noch keine solche Bedeutung. Es war ein ganz gewöhnliches Wort. Aber heute ist das anders, und ich möchte nicht, dass du dieses Wort verwendest."

„Ist gut, Mama." Er zog einen Stein und sagte leise: „Fickmühle." Er grinste sie an.

„Jackl, Freundchen!" Aber sie musste selbst lachen beim Anblick seines spitzbübischen Gesichts. Was wusste er schon vom Leben? Seine Naivität war bestrickend. „Du kannst die ganze nächste Woche Geschirr spülen, wenn du weiter so frech bist."

Es klopfte.

„Ich geh schon, Mama!" Er rannte zur Tür und öffnete sie.

Ein Frau stand dort, etwas jünger als sie und so schüchtern, dass ihre Hände fortwährend in den Schürzentaschen gruben. Leise fragte sie, ob es hier Arbeit für eine Dienstmagd gebe.

Diese großen, dunklen Augen! Sophie stand auf, ging zur Tür und erklärte, dass sie selbst nicht genug zum Beißen hätten. Sie müsse rübergehen zu den stattlichen Häusern der Innenstadt, da seien die Leute, denen die Schiffe gehörten, die hätten Geld für Dienstpersonal.

„Können Sie es nicht mit mir versuchen?", bat die Frau. „Wenigstens für ein paar Tage?"

Sophie verneinte.

Da fing sie an zu schluchzen.

Jackl machte Kuhaugen und stand beklommen da.

„Hast du Hunger?", fragte Sophie begütigend.

Sie gab keine Antwort. Ihre zerrissenen Schuhe waren voller Staub, es war deutlich zu sehen, dass sie weit gelaufen war.

Sophie bat sie herein. „Geh, Jackl, hole ihr ein Stück Kletzenbrot." Sie lud das Mädchen ein, am Tisch Platz zu nehmen. „Wenn du willst, kannst du bei uns übernachten. Du ruhst dich ein wenig aus und morgen klopfst du bei den Herrenhäusern."

Mit welchem Heißhunger sie Stücke vom Kletzenbrot herunterbiss! Sie heiße Marline, stellte sie sich vor.

Sophie hatte noch den Abwasch zu machen und Marline nahm sich eine Bürste und schrubbte den Topf. So sauber war er seit Monaten nicht gewesen. Anschließend holte sie den Besen aus der Ecke und fegte die Stube aus, ungefragt.

Sie war fleißig und hatte ein gutes Herz. Sophie dachte: Wenn ich das Mädchen nur behalten könnte!

Neben dem Ofen machten sie ihr ein Bettlager zurecht. Marline schlief rasch ein, Sophie flüsterte noch eine Weile mit Jackl. Er sah sie sich lange an, dann sagte er: „Mama, ich bin froh, dass wir ihr helfen."

„Geh jetzt schlafen", sagte sie. Ihr Entschluss war gefasst: Sie würde es probieren. Irgendwie brachten sie das Mädchen schon durch. Sie würde bleiben dürfen.

Weil sie so gespannt war, was Karl sagen würde und ob er damit einverstanden wäre, dass sie das Mädchen bei sich behielten, blieb sie lange wach. Wie würde sie ihn überzeugen können?

Sie würde sagen, dass sie mit Marlines Hilfe im Haushalt mehr Zeit haben würde, Alpenkräuter für Speiksalben zu sammeln, sie wisse genug Hänge, an denen Breitblättriger Lavendel wachse, die Leute würden Speiköl und Speiksalbe teuer bezahlen. Damit käme Marlines Lohn und das, was sie verzehrte, bestimmt wieder herein. Auch Aurikel und Teufelskralle werde sie finden, wenn sie nur genug suche, und könne Salben daraus herrichten.

Irgendwann war das Licht heruntergebrannt. Als es erlosch, fielen Sophie die Augen zu, und sie dämmerte hinüber in einen unruhigen Schlaf.

Karl kroch zu ihr ins Bett, davon erwachte sie. Sie zog die Beine zurück, um der Berührung mit seinen eiskalten Füßen zu entgehen. Biergeruch stieg ihr stechend in die Nase. Karl trank, wie die meisten Schiffer, aus Geldmangel nur das Nachbier, das man herstellte, indem man Wasser auf die ausgelaugten Malzrückstände goss und ein wenig echtes Bier beimischte. Aber er trank genug davon, um trotzdem bezecht zu sein.

Er griff nach ihr.

Sie flüsterte: „Wir haben Besuch."

„Von wem denn?"

„Ein Mädchen. Sie möchte bei uns aushelfen."

Er verharrte. Schließlich sagte er: „Schick sie weg."

„Sie kommt von weit her und hat keine Bleibe. Sie soll wenigstens ein paar Tage bei uns unterkommen." Wenn er erst einmal sah, wie gut sie arbeitete und wie bescheiden sie war, würde ihm das Mädchen genauso gefallen.

Karl stand auf. Er schlug Feuerstein und Stahl aufeinander.

„Was tust du?" Sophie richtete sich im Bett auf. „Lass sie schlafen!"

Karl hielt brennendes Werg hoch und fluchte, weil kein Öl mehr in der Lampe war.

„Ich kann mehr Salben herstellen, wenn mir das Mädchen im Haushalt hilft", sagte sie. „Das könnte uns helfen, vor allem in den Wintermonaten."

Er trat an das Bettlager des Mädchens heran und brüllte: „Steh auf!"

Das Mädchen schrak hoch.

„Ich will, dass du aus meinem Haus verschwindest. Sofort."

„Es ist mitten in der Nacht", sagte Sophie. Sie erhob sich und stellte sich zwischen die beiden. „Du kannst sie doch jetzt nicht vor die Tür setzen!"

„Raus!", schrie er.

Sophie drehte sich nach dem Mädchen um. „Es tut mir leid", sagte sie.

Marline zitterte und sah Karl an wie ein Kaninchen den Wolf. Ohne ein Wort schlich sie hinaus.

Mit Mühe konnte Sophie den erschütterten Jackl trösten, der sich im Bett aufgesetzt und alles mit angsterfülltem Blick beobachtet hatte. Sie setzte sich zu ihm und flüsterte mit ihm, bis er sich wieder hinlegte. Dann streichelte sie sein Gesicht, sie, die selbst Trost gebraucht hätte, und wartete darauf, dass er einschlief.

Ihr blieb anschließend nichts anderes übrig, als sich zurück zu Karl ins Bett zu legen. Nichts wollte sie weniger. Sie rückte von ihm ab. Was für ein Scheusal hatte sie geheiratet! Karl hätte Marline doch auch am Morgen hinauskomplimentieren können, warum hatte es sofort sein müssen? Und weshalb war er so wütend geworden? Die unvermittelte Boshaftigkeit kam ihr merkwürdig vor. Ein schrecklicher Gedanke schnürte ihr das Herz ab. „Ich frage dich jetzt etwas", sagte sie, „und ich möchte, dass du ehrlich antwortest. Keine Ausflüchte. Keine Lügen." Sie musste Gewissheit haben, auch wenn es eine grauenvolle Gewissheit war. „Hast du ein Verhältnis mit ihr?"

„Nein", brummte er.

„Schwöre es bei Gott."

„Ich schwör's bei Gott."

Die Wehmut übernahm. Sie dachte an das arme Mädchen, das jetzt durch die nächtlichen Straßen irrte. Wenn ihr etwas zustieß, würde sie sich das nicht verzeihen.

Am nächsten Morgen, beim Frühstück, war Karl sanft und liebevoll. Er fragte Jackl, was sie in der Schule machten. Vom Mädchen sagte er kein Wort, und auch sie schwieg davon, weil sie nicht streiten wollte, bevor er abreiste.

Er hatte eine Naufahrt nach Wien zu machen, allein von Salzburg bis Linz brauchte man bei diesem Wasserstand sechs Tage. Hinzu kamen die vielen Zollstätten, an jedes Amt musste er heranfahren, auf der Salzach sechs Mal, dann auf dem Inn bis Passau noch einmal so oft, und während der sechsunddreißig Stunden auf der Donau von

Passau nach Wien waren es neun Zollämter. Beiden war klar, dass sie sich eine lange Zeit nicht sehen würden. Da stritt man nicht, man schob die ungelösten Fragen beiseite und war freundlich zueinander, selbst wenn es eine bleierne Freundlichkeit war, eine Freundlichkeit mit Schuldschein.

Sie ging mit zur Anlegestelle. Jemand anderes hatte die Fahrt von Hallein gemacht, Karl stieg hier in der Altach zu, das gab es nur selten, dass er nicht nachts erst bis Hallein laufen musste, um dort die Fracht zu übernehmen. Heute konnten sie sich an der Anlegestelle verabschieden. Er gab ihr einen flüchtigen Kuss.

Sie sah ihm nach, als er an Bord ging. Sah zu, wie die Plätte ablegte. Das Schiff erreichte die Flussmitte, da drehte er sich nach ihr um. Er fing ihren Blick auf. In seinem Gesicht: die schüchterne Bitte um Vergebung.

Thres und die anderen standen am Ufer und steckten die Köpfe zusammen. Sophie ging vorüber, sie konnte jetzt kein Geschwätz ertragen. In ihrem Herzen steckte ein spitzer, harter Gegenstand, er tat ihr weh, und sie betastete ihn vorsichtig, um herauszufinden, ob es sich damit weiterleben ließ oder ob sie daran zugrunde gehen musste.

Thres sagte: „Hast du's schon gehört, Sophie? Der Priester hat ein Mädchen aufgenommen."

Sie blieb stehen.

„Dass er sich nicht schämt!", rief Lucia. „In Mariapfarr haben sie ihm wahrscheinlich den Rausschmiss angedroht, und jetzt meint er, bei uns kommt er damit durch."

„Wo wohnt er denn?", fragte sie. Der alte Pfarrhof auf der bayrischen Seite würde es schwerlich sein.

Thres sagte: „Beim Mesner." Sie zog abschätzig die Mundwinkel herunter, als habe sich der Mesner eine ansteckende Krankheit eingefangen.

Der spitze Gegenstand bohrte sich tiefer in ihr Herz. Sie bekam kaum noch Luft. Unverzüglich machte sie sich auf den Weg zum Mesnerhaus bei der Nikolauskirche. Von überallher strömten die Kinder zur Schule. Auch Jackl konnte sie sehen. Sie setzte eine freundliche Miene auf und nickte ihm zu.

Als sie beim Mesnerhaus angekommen war, erschien es ihr, als würde sie ein Tonnengewicht heben, ein Tonnengewicht in Form ihrer Hand. Sie zog am Hanfseil und läutete die Türglocke.

Der Mesner selbst öffnete.

„Ich …" Sie schluckte. „Ich würde gern das Mädchen sprechen, das bei Pater Mohr wohnt."

„Wer erzählt denn solchen Unsinn? Es wohnt kein Mädchen bei ihm."

Log er ihr ins Gesicht?

„Ich hab heute Nacht die Kirchtür zuschlagen gehört und bin nachsehen gegangen. Eine Frau war in der Kirche, ziemlich durcheinander und verheult. Ich habe sie zu Pater Mohr gebracht und ihn um Rat gefragt. Da hat er ihr für die Nacht ein Zimmer im Gasthaus angemietet. Passen Sie auf, was Sie sagen, sonst gibt es nur Gerede. Das Ganze ist harmlos."

Jemand kam die knarzende Treppe herunter. Der Priester zwängte sich am breiten Rücken des Mesners vorbei. „Sie sind's! Haben Sie einen Moment Zeit?"

„Wofür?", fragte Sophie.

„Ich bräuchte jemanden, der mich zu einer jungen Frau begleitet. Es schickt sich nicht, wenn ich sie als Priester allein aufsuche. Und Sie als Frau können das Mädchen besser trösten. Das arme Ding ist völlig aufgelöst. Bitte, kommen Sie mit und machen Sie ihr Mut. Sagen Sie ihr, dass alles wieder gut werden wird."

Zögerlich stimmte sie zu.

Joseph Mohr erklärte ihr auf dem Weg zum Gasthof, dass er für die Unterkunft der Frau bezahle, bis geklärt sei, wo sie herkomme, und dass es ihr ziemlich schlecht gegangen sei vergangene Nacht. Sie sei in die Kirche geflüchtet, vor irgendetwas oder irgendwem, und habe vor lauter Schluchzen nicht reden können. Vielleicht habe sie zu Hause Ärger gehabt. Der Mesner sage, sie sei nicht von hier.

Im Gasthaus klopfte er an eine Tür und betrat ein Zimmer. Marline saß auf dem Bett. Ihre Augen waren gerötet, das Gesicht verquollen. Aber Sophie empfand kein Mitleid. Sie sah sich die schlanken Hände an und die schönen Knie. Die dunklen Augen.

Der Priester fragte Marline fürsorglich, ob sie schon gegessen habe. Sein Mitgefühl erzeugte Brechreiz in Sophie.

„Bitte, Sie müssen mir helfen", sagte das Mädchen heiser.

Sie beachtete Sophie nicht, sie probte ihren Augenaufschlag am Priester, wie unverfroren dieses kleine Miststück vorging! „Ich weiß genau, was du getan hast“, fauchte sie. „Glaube ja nicht, dass du hier einen Fuß auf den Boden bekommst.“

Erschrocken wandte Joseph Mohr sich um. „Was reden Sie da?“

„Sie hat meinen Mann verführt! Sie hat einen schwachen Moment ausgenutzt und ist ihm an die Wäsche gegangen.“

Das Mädchen saß schreckensstarr da. Sie stammelte: „So war es nicht.“

So war es nicht. Der spitze Gegenstand in ihrem Herzen riss das Fleisch auf. „Hast du gedacht, du spazierst hier rein und machst ihn mir abspenstig? Wir haben ein Kind! Wir sind verheiratet!“

„Sie waren doch gestern so gut zu mir“, schluchzte das Mädchen.

„Gestern. Das war, bevor ich dir auf die Schliche gekommen bin. Wie kannst du die Dreistigkeit besitzen und bei uns klopfen? Bei uns! Denkst du, er hätte es besser mit dir? Vielleicht hat er dir erzählt, dass wir manchmal zanken, und jetzt findest du, diese Ehe hat keine Zukunft und du fühlst dich im Recht, wenn du ihn eroberst. Aber leb du mal einen Alltag mit Kind und Haushalt und allem! Komm einmal in meine Lage! Dann wirst du sehen, dass nicht alles eitel Sonnenschein ist.“

Marline flüsterte etwas.

„Was? Was tuschelst du da?“ Sophie beugte sich vor.

„Ich habe ein Kind“, wisperte Marline.

Ihr blieben die Worte im Hals stecken. Ein … Kind? Ein Kind von Karl womöglich?

Der Priester wandte sich ihr zu: „Ich glaube, Sie gehen jetzt besser.“

„Ich soll gehen?“, keuchte Sophie. „Ich? Und dieses Teufelsweib?“

Ruhig wiederholte der Priester: „Gehen Sie.“

Sophie presste die Zähne aufeinander. Sie schlotterte vor Wut.

Die Miene des Priesters war unerbittlich.

Ohne ein Wort machte sie kehrt, stieg die hölzerne Treppe hinunter und trat nach draußen. Ein Kind, dachte sie. Er hat ein Kind mit ihr.

Ihre Knie drohten unter ihr nachzugeben. Der Boden schwankte plötzlich, und die Luft, die sie atmete, war vergiftet. Jedes Geräusch hallte feindselig in ihren Ohren.

Wie ein ausgeschimpftes kleines Mädchen stand sie da, dem Sägen und Hämmern ausgeliefert, das vom Schopperplatz herüberdröhnte, und den lauten Rufen der Schiffer, die gerade drei mit Seilen verbundene Plätten die Salzach hinunterführten. Wer war sie schon? Das Aufklatschen der Ruder ließ Sophie zusammenzucken. Sie wollte sich unter den Blicken der Nachbarinnen wegducken.

Die Nachbarinnen würden sagen: Du hättest dich nicht so gehen lassen dürfen. Hast deinem Mann ja allen Grund gegeben, dich zu verlassen. Die Schiffer sind nun einmal gewohnt, früh zu Mittag zu essen, sie stehen vor dem Morgengrauen auf, da bekommen sie gegen zehn den großen Hunger. Was sollte das, dass du ihn so lange warten lassen hast? Bloß weil ihr in Mühldorf am Inn später Mittag esst und du nicht in allem nachgeben wolltest, der arme Mann hatte Hunger! Die Schiffer sind wie eine Nuss: außen hart und innen verbirgt sich ein weicher Kern. Du bist nie zu seinem weichen Kern vorgedrungen, hm? Jeder Schiffer wirkt ungehobelt. Das hätte dich nicht davon abhalten dürfen, dass du ihm Zärtlichkeit und Wärme schenkst. Im Inneren ist er empfindlich und schnell gekränkt. Du hast deinen Mann nicht gut versorgt. Selbst schuld, wenn er dir jetzt davonläuft.

Die Mühlen am Flussufer knarrten auf ihren schwimmenden Schiffskörpern, die Steinmühle knarrte am lautesten, sie war alt und morsch, so wie ihre Ehe morsch geworden war, schon nach sieben Jahren.

Du hast versagt, Sophie. Du warst nicht die Frau, die er brauchte. Hast du nicht in letzter Zeit viel zu oft an ihm herumgenörgelt? So etwas erträgt ein Mann nicht lange, irgendwann wird er bitter.

Sie schlüpfte ins Haus und schloss die Tür hinter sich. Der Frosch, den Karl gefangen hatte und den Jackl für ihn fütterte und pflegte, glotzte sie aus seinem Gurkenglas vorwurfsvoll an. Ich gehöre dir nicht, schien er zu sagen. Ich halte zu Karl. Er kletterte eine weitere Sprosse die kleine Holzleiter hinauf. Gutes Wetter für Karl, sagte er.

Karls Stuhl beherrschte den Küchentisch, ein breiter Stuhl mit Armlehnen, nur er durfte dort sitzen. Gehörte nicht das ganze Haus ihm? Was, wenn er sie hinauswarf, wenn er ihr keine Chance mehr gab?

Sophie schlich durch den Raum. Der Kopf war ihr schwer, die Hände unbrauchbar. Sie setzte sich auf die Ofenbank und lehnte sich an die kalten Kacheln. Der Priester hat eine Schweigepflicht, dachte sie, er darf niemandem von Marlines Vergehen erzählen. Vielleicht können Karl und ich uns aussprechen und unsere Ehe retten.

Sie saß da bis zum Abend, unfähig, sich zu rühren.

Als Jackl nach Hause kam, sagte er: „Mama, du bist komisch."

Sie bestritt es und stand auf. Sie bemühte sich, in keinem noch so kleinen Detail vom Tagesritual abzuweichen. Sie erhitzte Wasser und richtete Jackl die Waschschüssel her, sie fragte ihn die Schulaufgaben ab. Anschließend aßen sie gemeinsam. Der gewohnte Ablauf gab ihr Sicherheit.

Dann, als Jackl schlief, lag sie mit offenen Augen im Bett und fragte die Dunkelheit: Liebt Karl das andere Kind mehr als unseren Jackl? Ist er liebevoller zu ihm?

Am nächsten Morgen erwachte sie von einem Brennen im Magen. Sie schleppte sich zur Apotheke. Eine Nachbarin sprach sie an. Ängstlich lauschte sie auf Untertöne. Wusste man schon Bescheid? Sie deutete Blicke. Spähte auf dem Heimweg nach Bewegungen hinter den Fenstern.

Am Sonntag ging sie nicht zum Gottesdienst. Wenn sie Joseph Mohr sah, diesen tückischen Priester, der sich für eine Ehebrecherin einsetzte, würde sie sich auf den Kirchenboden übergeben müssen, fürchtete sie.

Zu Hause aber fiel ihr plötzlich ein, dass ihr Fehlen Grund für Gerede sein würde. Was, wenn die Nachbarinnen gerade deshalb begannen, Fragen zu stellen? Sie hatte gehört, dass Marline wieder verschwunden war, zumindest hatte der Gastwirt das gesagt. Brachten die Nachbarinnen das Geschehen um Marline und sie zusammen? Ihre Unruhe wuchs.

Am Montag kam Karl nach Hause, glücklicherweise, als Jackl noch in der Schule war. Sie kochte ihm das Mittagessen, eine Hafergrütze, und stellte ihm die gefüllte Schüssel auf den Tisch.

„Du isst nichts?“, fragte er.

Sie schwieg.

Stur sprach er ein Tischgebet und begann zu löffeln. Er hatte Hunger, das konnte sie daran sehen, wie schnell er schluckte und wie wenig Zeit er darauf verschwendete, über die heiße Grütze zu pusten.

„Du hast es mir bei Gott geschworen, dass du kein Verhältnis mit ihr hast", sagte sie.

Er nahm zwei weitere Löffel. „Und so ist es auch. Ich habe kein Verhältnis mit ihr."

„Aber ein Kind!"

Nun war er überrascht. „Hat sie dir das gesagt?"

„Mir und dem Priester Mohr." Sie merkte an seinem Blick, dass sie eine verwundbare Stelle bei ihm getroffen hatte. „Du hast mich gedemütigt! Warum tust du mir das an?"

Schon war sein Gesicht wieder fest geworden. „Das Leben als Schiffer ist hart. Dauernd unterwegs zu sein, bei Wind und Wetter, und kaum einmal sein Heim zu sehen – da passieren solche Dinge."

„Passieren?" Sie schnaubte. „Du redest davon, als wäre sie dir zugelaufen wie eine Katze. Du hast mit ihr geschlafen, Karl! Du hast mich betrogen, du hast die Ehe gebrochen!"

„Das tun alle. Du bist eben nicht von hier. Deshalb weißt du nicht, wie das läuft."

Sie sprang auf. „Ich verstehe nicht, wie das läuft, natürlich! Ist doch ganz alltäglich, unterwegs nimmt man sich eben eine fremde Frau ins Bett, das machen alle. Hörst du überhaupt, was du da redest?" Sie hasste ihn. Nie wieder würde sie ihn lieben können. „Ist dir klar, wie sehr du mir wehgetan hast? Scheinbar nicht. Für dich ist alles in Ordnung."

Auch er erhob sich. „So habe ich das nicht gemeint. Die Sache ist lange her, ich habe das damals gleich beendet. Sophie, ich ..."

Sie konnte diese Luft nicht mehr atmen, nicht im selben Raum sein wie er. Sie verließ das Haus. Draußen dachte sie, wenn der Priester Mohr diese Marline so schätzte, sollte er ihr sagen, dass sie Karl haben konnte. Der Priester würde ja wissen, wohin sie gegangen war. Ob er ihr einen Brief schrieb oder wie er sie erreichte, war ihr egal, Hauptsache, er verkündete ihr, dass sie erreicht hatte, was sie wollte. Ihre Ehe war zerstört.

Beim Mesner klopfte sie nicht an, sie öffnete die Tür und stieg die Treppe hinauf. Vielleicht betete er ja gerade, der hochheilige Priester, liebend gern wollte sie ihn dabei stören!

Auf halber Höhe der Treppe wurde sie langsamer. Schließlich blieb sie ganz stehen. Sie hörte Musik. War das eine Gitarre? Und wer sang dazu?

Die Schiffer sangen viel, aber keiner auf eine solche Weise. Sanft und verletzlich hörte sich die Stimme an. Das musste Joseph Mohr sein. Man hörte seine Seele singen. Er stand nicht stark über den Dingen und beherrschte sie, nein, auch er war herumgestoßen worden, das hörte sie deutlich, er kannte einen Schmerz, der mit ihrem verwandt war.

Sie stand auf der Treppe und hörte ihm zu, bis das Lied zu Ende war. Würde er ein neues Lied beginnen? Als es still blieb, stieg sie hinauf, klopfte kurz und trat in die Wohnkammer des Priesters.

Er sah erschrocken von seiner Gitarre auf. „Sophie!"

„Ich wollte mit Ihnen sprechen. Störe ich?"

„Wir können gern ein Gespräch führen. Aber es ist nicht schicklich, wenn wir dabei allein sind."

„Mir wäre es lieber."

„Es ziemt einem Priester nicht, sich allein in einem Raum mit einer Frau aufzuhalten. Das richtet sich nicht gegen Sie, Sophie, es gilt selbst dann, wenn diese Frau die Schwester oder die Mutter des Priesters ist."

Sie zog die Tür hinter sich zu. Irgendwie tat es ihr gut, ihm diese kleine Verletzung zuzufügen. „Ich wollte mit Ihnen schimpfen und Ihnen Vorwürfe machen. Aber jetzt habe ich Sie singen gehört und denke, Sie haben selbst auch Schlimmes durchgemacht."

Er sah von ihr zur Tür und zurück. „Woher wissen Sie das?"

„Ich höre es, wenn Sie singen." Sie zog sich den Stuhl heran und setzte sich. „Mein Vater war Spielmann. Ich weiß, was Musik bedeuten kann."

Er lächelte. „Spielmann! Ein wunderbarer Beruf."

Wie seine Hände auf dem Korpus der Gitarre ruhten. Er besaß feingliedrige Finger, und die Haut war weich, nicht abgeschürft und schuppig wie die von Karl. Sie musste an die Hände ihres Vaters denken. Auch sie waren zart gewesen. Oft hatte er gesagt: *Die Hände sind das Kostbarste, was ein Spielmann hat.*

Warum hatte sie nicht einen sanften Mann wie Joseph Mohr geheiratet? Wie hatte sie an Karl geraten können, sie, die doch schon als kleines Mädchen kein lautes Wort hatte ertragen können? Sie sehnte sich nach ihrer Kindheit zurück, nach den Büchern mit Geschichten und Gedichten und den Nachmittagen auf einer Picknickdecke im Grünen. Was hatte sie sich damals für ihr Leben erträumt!

Aber sie war nach Österreichisch Laufen gegangen und hatte einen Mann geheiratet, der sie auf der Schiffsreise mit einer anderen betrog. „Ich werde Karl verlassen", sagte sie. „Sie können dieser Marline sagen, dass sie ihn haben kann."

„Glauben Sie, dass das eine Lösung für Ihre Schmerzen ist?"

„Ja. Ich kann ihn nicht mehr sehen."

„Was wird aus Jackl?"

Er hatte sich den Namen ihres Sohnes gemerkt, nach einem einzigen Gespräch auf der Straße. Ihr wurde es warm im Bauch. Offenbar hatte Joseph Mohr öfter über sie nachgedacht. „Jackl nehme ich mit."

„Sie wollen fortgehen?"

„Glauben Sie, ich schaue mir jeden Tag an, wie Karl mit dieser Marline herumturtelt? Wir suchen uns einen neuen Platz zum Leben. Erst einmal ziehe ich zu meinen Eltern zurück. Die sehen Jackl sowieso viel zu selten."

Er sah nachdenklich zu Boden. Selbstvergessen strich er über die Gitarrensaiten.

„Und warum sind Sie traurig?", fragte sie.

„Ich möchte Sie um etwas bitten", sagte er. „Bleiben Sie noch ein halbes Jahr. Versuchen Sie, Ihre Ehe zu retten."

„Das hat keinen Sinn."

„Haben Sie Ihren Mann geliebt?"

„Ich dachte es mal. Anfangs saß ich oft am Salzachufer und habe Ausschau gehalten und gehofft, dass sein Schiff in Sicht kommt. Aber wenn er dann endlich da war, hatte er damit zu tun, die nächste Reise vorzubereiten. Im Sommer ist er eigentlich immer auf Fahrt. Im Winter ist er unterwegs, um Gelegenheitsarbeiten zu ergattern. Zu Hause sehe ich ihn nie, wenn er im Ort ist, sitzt er im Altacher-Bräu. Er behauptet, dass er sich dort nach Arbeit umhört, aber ich glaube, das Biertrinken ist seine Flucht, wenn die Herausforderungen zu groß werden. Er fühlt sich überfordert, deshalb geht er ins Wirtshaus."

„Gab es Gelegenheiten, wo Sie miteinander reden konnten?“

Sie dachte nach. „Ich habe mich bemüht, wenig zu reden, wenn er zu Hause war. Er hat mir oft gesagt, dass ihm das Gequatsche auf die Nerven fällt. Nach dem Essen legt er sich neben dem warmen Herd zum Schlafen hin. Oder im Sommer in die kühle Schlafstube, um einen Mittagsschlaf zu machen. Er sagt nicht viel. Höchstens ruft er mal: ‚Dös Fleisch is riderisch!‘, wenn ihm mein Essen zu zäh ist, oder er brüllt: ‚Gib Ruah!‘ Er hat diesen harten Tonfall, wie wenn er etwas von einem Boot zum nächsten ruft und der Fluss gurgelt dazu und der Wind pfeift und er muss sichergehen, dass er gehört wird. Ich habe alles ertragen können und habe ihn trotz seiner störrischen Art gern gehabt. Aber jetzt hat er es kaputt gemacht. Er hat mich entehrt und sich selbst auch.“

Joseph Mohr nickte. „Ja“, sagte er. Dann sah er sie an mit seinen wasserhellen Augen. „Gehen Sie nach Hause. Seien Sie Ihrem Sohn eine gute Mutter. Mehr ist möglicherweise nicht zu schaffen, aber das ist bereits eine ganze Menge.“

Das Licht der Abendsonne gab den Kirchenfenstern die Farbenpracht von Herbstlaub und die Fenster verteilten das warmbunte Licht großzügig über die Seitenaltäre. Die Stuhlreihen glühten. Ein wenig von der Glut tropfte auf den Fußboden. Es hätte idyllisch sein können, wäre da nicht die Musik gewesen. Zwei Männer, die sich die Orgelbank teilten und ihre Hände nebeneinander über die Manuale jagen ließen, schwitzten vor Ergriffenheit. Ihre Musik brauste ihnen in den Ohren, ein Lied, das nie wieder auf diesem Planeten zu hören sein würde, sie erfanden es, während sie spielten, veränderten und formten es und ließen sich von der flüchtigen Melodie weitertreiben. Die Töne krakeelten, sie kreischten wild durcheinander wie ein Schwarm auffliegender Gänse.

Joseph Mohr lachte. Franz Gruber hatte einfach die Tonart gewechselt, ohne den Übergang einzuleiten, er spielte die Basslinie mit dem Pedal und setzte darüber noch den Generalbass aus. Seine Frechheit gab dem Stück einen neuen Pfiff. Joseph folgte der Vorgabe und spielte vier Takte lang mit, dann rückte er, um Franz zu ärgern, einen weiteren Ganzton nach oben, und Franz kapitulierte, er rückte im Bass nach.

Stand da eine gebückte Gestalt neben der Orgel? Joseph fuhr zusammen. Das war keine Einbildung, das war Nöstler! Er hatte seine Krücke hochgehoben und hielt sich beide Ohren zu. Joseph löste sich von den Manualen. Jetzt bemerkte auch Franz den Pfarrprovisor und hörte auf zu spielen. Der letzte Akkord hallte anklagend durch den Kirchensaal, das Echo schien gar nicht enden zu wollen.

Nöstler nahm die Hände herunter. Seine dünnen Arme bebten vor Zorn, und er sah Franz und Joseph an, als seien sie Mörder. „Dies ist ein Gotteshaus", keifte er. „Dieser *Krach,* den Sie da erzeugen, ist eine Schande! Und dass Sie sich derart in Ekstase spielen, kann ich nur als dämonisch oder idiotisch bezeichnen."

„Ehe Sie uns gänzlich verurteilen", sagte Joseph, „denken Sie bitte auch an König David, verehrter Herr Pfarrprovisor! David tanzte zu Gottes Ehren und wurde dabei so ausgelassen, dass seine Frau sich für ihn schämte."

„König David hat die Harfe gespielt. Er hat sicher nicht einen solchen Radau verursacht wie Sie."

Es war zwecklos, darüber zu streiten. In Nöstlers Vorstellung hatten die Israeliten nur ab und an einen sanften

Dreiklang angeschlagen, in der Art eines mittelalterlichen Minnesängers. Dass das biblische Volk tagelang zu feiern pflegte und die Zimbeln, Becken und Trompeten sicher nicht bloß leise spielte, blendete er aus. Joseph sagte versöhnlich: „Franz und ich haben auch an einem deutschen ‚Te Deum' gearbeitet. Wenn Sie wünschen, lassen wir die Improvisationsübungen sein und wenden uns wieder dem ‚Te Deum' –"

„Ich werde Ihren Lohn einbehalten", schnitt ihm Nöstler das Wort ab, „bis geklärt ist, ob Sie hier überhaupt weiter beschäftigt werden. Das Konsistorium wird von mir einiges zu hören bekommen."

Joseph schluckte trocken. Nöstler wollte nach Salzburg schreiben? Sie würden ihn abberufen, sie würden ihm die Ausübung des Priesteramts versagen! „Bitte", stammelte er, „wir können doch über alles reden."

„Ihnen fehlt jedwede geistliche Einstellung. Verlassen Sie auf der Stelle die Kirche. Sie warten in Ihrem Zimmer, bis ich Sie die nächsten Schritte wissen lasse."

Mit wild klopfendem Herzen verabschiedete er sich von Franz. Als er die Kirchentür aufzog, hörte er, wie Nöstler bei der Orgel sagte: „Und ob Sie weiterhin den Organistendienst verrichten werden, Herr Gruber, muss ich mir ordentlich durch den Kopf gehen lassen. Ich habe anderes von Ihnen erwartet."

War Gott so? Ein auf Heiligkeit und Weltferne bedachter Fürst, der Unterordnung verlangte und jeden Funken Freiheit erdrückte? Die Strenge des Pfarrprovisors verunsicherte Joseph. Wer ernst und streng war, wirkte heilig, womöglich hatte Nöstler recht und Gott zürnte ihm wegen der wilden Musik im Kirchenhaus.

Draußen, in der kühlen Abendluft, blieb er stehen. Erst gestern hatte ihn Nöstler wegen der Mahlzeiten in der Wirtsstube getadelt. Dass er dort mit der Ortsbevölkerung sprach und gern mit ihnen an einem Tisch saß, wenn sie Würfelspiele spielten oder Volkslieder sangen – war das etwa gotteslästerlich? Es war genau das, was Jesus Christus getan hätte.

Er durfte sich von Nöstler nicht das Priesteramt zerstören lassen. Am besten packte er gleich seine Sachen und brach beim ersten Morgenlicht nach Salzburg auf. So kam er Nöstlers Brandbrief zuvor und konnte dem Konsistorium seine Sicht der Dinge darlegen, bevor sie ihn unwiederbringlich abgeurteilt hatten.

Wie ein Krimineller schlich er sich im Morgengrauen aus dem Ort. Damit gab er Nöstler ein weiteres Fehlverhalten an die Hand, mit dem er ihn vernichten konnte: Er hatte gegen seine ausdrückliche Anweisung Österreichisch Laufen verlassen.

Auf dem Fußmarsch nach Salzburg legte er sich Worte zurecht und gruppierte sie zu Entschuldigungen. Aber wenn er sich vorstellte, damit vor die Mächtigen zu treten, kamen sie ihm stümperhaft vor.

Dann die Stadt. Was kümmerte Salzburg das Schicksal eines kleinen Hilfspriesters? Er stolperte durch die vertrauten Gassen und fühlte sich wieder wie der schmächtige kleine Junge, dem man zubrüllte, dass er hier nichts zu suchen habe. Schüchtern sah er durch die Tür ins Kaffeehaus Tomaselli hinein, wo die Wohlhabenden Kaffee und Trinkschokolade aus kleinen Tassen nippten. Er sah sie diskutieren, lesen, Billard spielen.

Ein alter Herr schnäuzte sich in sein Taschentuch aus Batist, kunstvoll bestickt mit Blumengirlanden. Er trompetete wie ein Elefant. Die Damen im Raum nickten anerkennend. Das gehörte sich in der eleganten Welt so, man ahmte beim Schnäuzen die Geräusche von Tieren oder die Töne von Instrumenten nach, und die Damen kommentierten dann und wählten das schönste Schnäuzen aus.

Geh weiter!, befahl er sich. Wie sah das aus? Ein Priester in schwarzer Kleidung mit Kalkleiste am Hals gaffte wehmütig ins Kaffeehaus.

Er löste sich. Wie von selbst fanden seine Füße den Weg zum Gymnasium. Er wusste noch, hinter welchem der runden Fensterbögen sich seine Klassenzimmer befunden hatten. Dort war er in die erste Klasse gegangen, die Vorbereitungsklasse. Wie hatte er gefürchtet, als Dummkopf aufzufallen! All die anderen hatten klügere Eltern und pfiffigere Geschwister, er würde herausstechen, sie würden ihn einen Trottel nennen und ihn verspotten, glaubte er.

Zu Beginn des Schuljahres waren die Klassen voll, dann kamen die Monatsprüfungen und es wurde streng ausgesiebt. Ab der zweiten Klasse durften sie nur noch Latein sprechen. Das befeuerte ihn, noch fleißiger zu lernen, bis spät saß er vor der flackernden Ölfunzel im *Collegium Rupertinum* und übte Vokabeln. In der dritten und vierten Klasse, als sie lernten, lateinische Briefe und Elegien zu schreiben und auf Griechisch Klassiker zu lesen, ließ ihn der Lehrer längere Passagen vortragen.

Er absolvierte die *Grammatica I, II* und *III* und die *Rhetorica I* und *II,* lernte Deutsch, Geografie, Geschichte und Mathematik. Dennoch erhielt er keine Aufgabe für die Abschlussfeier vor dem Erzbischof. Ihm wurde bewusst, dass er nur geduldet war. Nur dem Einsatz seines Gönners Hiernle hatte er zu verdanken, dass er diese Schule besuchen durfte. Die Wahrheit ließ ihn auch hier nicht los: Er war ein uneheliches Kind aus der Gosse.

Nöstler sah ihn so.

Das Konsistorium würde ihn so sehen.

Vielleicht trug er bald nicht mehr schwarz, sondern wieder Lumpen.

Er ballte die Fäuste. Nein! Obwohl sein Magen knurrte, verursachten ihm die Bratendüfte der Garküchen Übelkeit. Er eilte an ihnen vorüber. Vielleicht hatte Domvikar Hiernle noch nicht das Haus verlassen. Er musste ihn zur Rede stellen. Hiernle sollte ihm die Wahrheit sagen.

Er fand ihn unten bei den Hühnern. Hiernle streute Körner aus.

„Sie machen das selbst?", fragte Joseph.

Der Domvikar sah weiter zu den Hühnern hin. „Es hat etwas Kontemplatives, finde ich. Wie sie scharren und picken."

„Ich muss Sie um Rat fragen."

Hiernle hatte sich verändert. An seinen Händen waren bereits Altersflecken zu sehen. „Komm", sagte er, „wir setzen uns ins Studierzimmer." Mühsam stieg er die Treppenstufen hinauf.

Auf dem Weg ins Studierzimmer passierten sie das Mineralienkabinett mit den Vitrinen. Im Grunde bin ich für ihn ein Fundstück, dachte Joseph. Ein großes Stück Turmalin, wie das, was er im Zillertal gefunden hat. Hiernle liebte die Vorstellung, dass in den Bergen in tief verborgenen Höhlen Schätze warteten, Gold und edles Gestein, und vielleicht fand sie nie jemand, weil sie so tief im Berg saßen. Deshalb las er Bücher zur Mineralogie und zur Chemie, auch in fremden Sprachen. Ihn, Joseph, hatte er wie ein Stück Turmalin gefunden und war stolz darauf – nicht auf ihn, sondern auf seinen Fund. Er habe geahnt, dass er Talent und Köpfchen besitze, sagte Hiernle immer.

In der Studierstube stand der ausgestopfte struppige Hahn auf dem Tisch, *Gallus crispus*. Als Kind hatte Joseph sich immer vor diesem Tier gefürchtet und ein Rest der Furcht saß noch in ihm.

Warum quälte ihn der Hunger so? Er war es doch gewohnt, bis zur Elf-Uhr-Messe nichts zu essen. War es die Angst seines Körpers davor, dass das Dauerhungern der Kindheit zurückkehren würde?

Hiernle setzte sich in den Lesesessel und wies Joseph einen Stuhl an. Als auch Joseph sich gesetzt hatte, fragte der Domvikar, wo der Schuh drücke.

Joseph berichtete.

Hiernle wiegte mit ernster Miene den Kopf. „Ich verstehe ja, dass dich das Amt nicht vollständig ausfüllt. Dass du einen Zeitvertreib für die freien Stunden suchst. Aber müssen es schrille musikalische Improvisationen sein? Viele Priester haben eine kleine Passion neben der Arbeit, ein Steckenpferd. Manche beschäftigen sich mit den historischen Kirchenbüchern und werden große Kenner der Ortsgeschichte. Andere züchten Bienen oder pflegen einen Kräutergarten."

„Für mich ist es die Musik. Die habe ich schon immer geliebt. Ohne Musik kann ich nicht leben.“ Das ist das Erbe meiner verlorenen Familie, dachte er, aber er sagte es nicht laut, um Hiernle nicht zu erzürnen.

„Dann gründe einen Chor oder spiele Kirchenlieder auf der Geige! Muss es dieses Schräge, Ungefällige sein?“

„Es ist nicht ungefällig. Nur ungewohnt. In früheren Zeiten hat man in der Kirche ausschließlich Latein gesungen. Lieder in der Volkssprache waren verpönt. Aber auch da hat man doch umgedacht! Durch den Erfolg der Reformatoren mit deutschen Liedern, Luther mit seinem ‚Vom Himmel hoch da komm ich her‘ und so weiter, waren plötzlich auch in der katholischen Kirche deutsche Lieder akzeptiert, es wurde sogar gefördert. Mit unserer Musik wird es genauso sein. Das hoffe ich zumindest.“

„Du verstehst nicht. Es geht hier nicht um Geschmack. Wenn sich der Pfarrprovisor über dich beschwert, ist das keine Lappalie!“

„Deshalb bin ich hier. Er kritisiert nicht nur die Musik. Ihm passt es nicht, wie ich im Wirtshaus mit den Leuten rede. Ich muss nur einmal in die Nähe einer Frau gelangen und er vermutet Schlimmstes. Ich möchte wissen, ob einer wie ich jemals Frieden finden kann in der Kirche oder ob ich…“ Er schluckte. „Ob ich immer das uneheliche Kind bleiben werde.“ Da, er hatte es ausgesprochen.

Hiernle schwieg. „Du bleibst, der du bist“, sagte er schließlich. „Du kannst das nicht ändern. Nur die Leute können sich ändern. Und ich weiß nicht, ob sie dazu bereit sind.“

„Was, denken Sie, wird das Konsistorium tun?“

„Sie werden jemanden schicken, der die Sache untersucht. Er wird im Ort herumfragen. Er wird die Gemeindevorsteher um einen Bericht und ein Zeugnis bitten, wird wissen wollen, wie es um deinen Ruf bestellt ist und ob man mit deinem priesterlichen Dienst zufrieden ist und du die heiligen Handlungen andachtsvoll verrichtest. Ob du jedem Kranken beistehst, wenn man dich ruft, und ob die Gemeinde deine Predigten gern hört.“

„Kann man mir die Priesterweihe nehmen?“

„Nein, die Weihe bleibt lebenslang bestehen. Aber man kann dir das Amt entziehen.“

„Was würden Sie mir raten?“

„Was würdest du dir selbst raten?“

Joseph brannten die Augen. Er wusste die Antwort. Er wusste sie. „So zu bleiben, wie ich bin.“

Hiernles Augenbrauen fuhren hoch. Er wirkte verdattert. Offenbar hatte er mit mehr Einsicht gerechnet, mit einem Einlenken. Dann, allmählich, schwand der Ausdruck der verblüfften Verärgerung aus seinem Gesicht. Er nickte sogar.

Auch auf der östlichen Salzachseite standen etliche Häuser leer, die Fenster waren mit Brettern vernagelt. Es hieß, Salzburg habe in den letzten Jahren ein Viertel seiner Einwohner verloren. Gegangen waren nicht die Armen, gegangen waren die wohlhabenden Bürger, die mit ihrem Geld die Wirtschaft am Laufen gehalten hatten. Die Armen gingen nicht, sie starben. Wenn nicht der Hunger sie erwischte, erledigten die Krankheiten diese Aufgabe, ausgelöst durch schmutziges Wasser, feuchte Wände, Mangelernährung.

Er sah die Tagelöhner, Dienstboten und Mägde auf der Straße. Ihr Blick war stumpf, ihre Hände gerötet von der harten Arbeit. Auf den steinernen Stufen, die zum hinterwärts im Schatten gelegenen Elternhaus führten, saß eine ihm unbekannte Frau und schälte Rüben. Er grüßte sie freundlich. Unsicher sah sie ihn an. Er war ihr fremd. Auch hier gehörte er nicht mehr hin. Seine Kleidung war neu, er war jetzt ein Studierter.

Aber wenn ihn die einen wegen seiner Herkunft nicht akzeptierten und die anderen ihn wegen des Studiums nicht mehr als Ihresgleichen betrachteten, wo gehörte er dann hin? Schmerzlich wurde ihm bewusst, dass er außer Franz Gruber keine Freunde hatte.

Er bereute, vom letzten Arbeitslohn nichts aufgespart zu haben. So hätte er Mutter etwas mitbringen können. Er nahm die steinernen Stufen, bückte sich oben und trat durch den niedrigen Türeingang. Es roch nach Graupensuppe.

Mutter und die Schwester saßen am winzigen Fenster und nähten. Als sie ihn erblickten, ließen sie das Nähzeug fallen. Die Halbschwester rannte herbei und fiel ihm um den Hals. Mutter blieb sitzen, aber ihre Augen strahlten, als habe die Lungenschwindsucht ihr nicht längst den halben Körper weggestohlen. Sie strahlte, wie nur eine Mutter strahlen kann, die ihren Sohn wiedersieht.

„Junge", sagte sie. „Wie schön, dass du uns besuchen kommst."

„Ich muss heute noch zurück."

„Wie geht es dir in Österreichisch Laufen?"

Er zögerte. „Ich glaube, es gibt dort Menschen, denen ich etwas geben kann."

„Dein Vater hatte manchmal dieses Brennen in den Augen. So wie du jetzt. Das war nicht, wenn er von der Arbeit als Musketier sprach. So schaute er immer, wenn es um Musik ging."

Joseph holte tief Luft. „Ich werde ihnen so viel geben, wie ich kann."

Sie sah Karl nicht mehr an. Fragte er sie etwas, gab sie knappe Antworten. Sie stellte ihm Essen hin, er aß es. Nachts schlief sie am äußersten Rand des Ehebetts. Sie war jedes Mal froh, wenn er eine Fahrt hatte und fort war.

Sie sehnte sich danach, mit Joseph Mohr zu reden und seine Gedanken zu hören. Wenn sie draußen war, hoffte sie, ihm auf der Straße zu begegnen. Es geschah nicht. Sie schlief schlecht und ihr Appetit war erloschen.

Einen untreuen, grobschlächtigen Mann hatte sie und wollte ihn am liebsten eintauschen gegen den sanften, musikalischen, herzensguten Pfarrer.

Thres stellte sie auf der Straße zur Rede. „Du hast in der Kirche gestern wieder das Singen vergessen, weil du damit beschäftigt warst, Joseph Mohr anzustarren."

Sophie stockte der Atem. „Das stimmt nicht."

Thres machte ein mitleidiges Gesicht.

„Mit wem hast du darüber gesprochen?", fragte Sophie.

„Mit niemandem. Ich tratsche doch so etwas nicht herum.“ Sie stellte ihren Eimer ab. „Aber ich frage mich: Warum kannst du nicht zufrieden sein? Frauen, die sich in einen Unerreichbaren verlieben und ihn dann heimlich anhimmeln, verstehe ich nicht. Du solltest schätzen, was du hast.“

„Was habe ich denn?“

„Deinen Mann.“

„Der liebt eine andere.“ Zum ersten Mal sprach sie es aus. Tat es gut, ihr Leiden zu teilen? Sie forschte in sich, aber der Schmerz hatte sich nicht verändert.

Thres wirkte kein bisschen erstaunt. „Unsinn“, sagte sie. „Karl wird sein Lebtag lang nicht mehr wagen, eine andere auch nur anzuschauen, so, wie du ihm die Hölle heißgemacht hast. Im Altacher-Bräu dachten sie, er wäre krank, und er ist auch nur zögerlich mit der Wahrheit rausgerückt, hat mir mein Mann erzählt. Glaubst du nicht, dass Karl seinen Fehler bis in Mark und Bein bereut?“

„Von Reue hat er nichts gesagt.“

„Weil er stolz ist und stur, so sind sie alle hier. Denkst du, mein Mann ist immer der liebste Kerl auf der Welt? Er hinterlässt im Haus eine Spur der Verwüstung, alles bringt er in Unordnung. Und er hat mir vor Monaten versprochen, dass er die Regenrinne repariert, und hat es bis heute nicht getan.“

„Das kann man ja wohl kaum vergleichen, ob einer die Regenrinne nicht repariert oder ob er mit einer anderen Frau schläft! Ich weiß nicht mal, ob sie die Einzige ist!“

„Ich wollte nur sagen, dass mein Ludwig auch nicht vollkommen ist. Er ist nicht gerade der Hellste und trotzdem will er immer große Ansagen machen und wir sollen alle nach seiner Pfeife tanzen. Das macht keine Freude. Aber ich bleibe bei ihm. Steigere dich nicht in eine Sache hinein, die dich noch unglücklicher macht, Sophie, ja?“

Sie murmelte eine zustimmende Antwort und verabschiedete sich.

Ein paar Tage lang ging sie vor Wut und Scham kaum aus dem Haus. Dann stieg die Sehnsucht wieder in ihr auf wie ein Biber, der für einige Zeit abgetaucht gewesen war. Sie lag nachts im Bett und hörte, wie draußen der Nachtwächter sang: „Ein Uhr ist eine ernste Zeit / Mensch, denk an die Ewigkeit!“ Und sie konnte nicht an die Ewigkeit denken, nur an morgen und daran, ob sie *ihn* sehen würde. Er sollte ihr erklären, wie es zu schaffen war, nicht an Karls Untreue zugrunde zu gehen.

Beim Strümpfestopfen dachte sie an Joseph Mohr, beim Unkrautjäten, beim Auflesen der Äpfel und wenn sie Essen kochte – fortwährend sah sie sein kluges, sanftes Gesicht vor sich, aber wenn sie ihm in Gedanken Fragen stellte, schwieg das Gesicht, es schaute nur gütig.

Im November regnete es ununterbrochen. Die Salzach begann zu rauschen und zu strudeln. Sie stieg von Tag zu Tag höher die Ufer hinauf. Schließlich verebbte der Regen, aber die Salzach stieg weiter an. Im Ort herrschte Goldgräberstimmung.

Das geschlagene Holz, das längs der Alpenbäche gestapelt worden war, wurde vom Hochwasser mitgerissen und trieb die Salzach herunter. Bald war das Ufer der Salzachschleife dicht belagert von Holzauffängern. Zwar musste man die Stämme, die man an Land zog, wieder zurückgeben, wenn der Eigentümer sie mit einem Stempel gekennzeichnet hatte, aber dafür gab es ein Auffanggeld. Die Schiffer konnten bei dieser wilden Strömung sowieso nicht ausfahren, und die anderen Männer gingen nicht zur Arbeit, weil mehr Geld mit Holzauffangen zu verdienen war als mit ihrem Handwerk. Zudem konnte man mit dem nicht gekennzeichneten Holz den kompletten Jahresbedarf an Brennholz für die eigene Familie decken. Auch die Frauen und Kinder halfen mit. Wer sich an die großen Baumstämme nicht heranwagte, fischte die Uferverbauungen aus dem Fluss, die das Hochwasser im Gebirge gelöst und weggeschwemmt hatte.

Sophie lieh sich einen Holzrechen aus und verlängerte den Stiel, indem sie einen langen Ast daranband. Karl verwendete einen Eisenhaken mit einer fünf Schritt langen

Stange, Jackl hatte ihm zu helfen, die Baumstämme an Land zu hieven. Noch Findigere hatten einen Schwimmanker an einem langen Seil befestigt und warfen ihn zwanzig Schritt weit, um einen treibenden Baumstamm in der Flussmitte einzufangen und zu sich ans Ufer zu ziehen. Das Holz gehörte dem, der es zuerst angeworfen hatte. Natürlich gab es Streit, wenn der erste Wurf missglückt war und ein Stück den Flusslauf hinunter versuchte es ein anderer beim selben Stamm.

Die Eigentümer der Schiffmühlen, die am Ufer vertäut waren, versuchten verzweifelt, die im wilden, rauschenden Strömen der Salzach herantreibenden Baumstämme von den Mühlen abzuwenden. Es gelang nicht bei jedem Stamm, immer wieder krachte einer gegen die Mühlenschiffe und Holz splitterte.

„Pass auf, Jackl, dass du nicht reinfällst", warnte Sophie. „Die Strömung zieht dich ganz schnell mit." Unfassbar, dass sie hier Seite an Seite mit Karl arbeitete. Aber sie konnte Jackl unmöglich aus den Augen lassen.

Thres redete aufgeregt mit zwei anderen Frauen. Was sagte sie da? Man hatte einen ohnmächtig aus dem Fluss gezogen. *Wen denn?*, fragten die Umstehenden, und jeder war froh, seine engsten Familienangehörigen um sich zu haben.

Eine Weile herrschte Ratlosigkeit, dann wurde ein Name weitergetragen. Rupert. Karls Vater. Er hatte angeblich versucht, Brennholz für sich an Land zu ziehen, ein Stück die Salzach hinunter, und war dabei ins Wasser gestürzt. Mit seinen dreiundsechzig Jahren bekam ihm das kalte Wasser nicht gut. Er war wohl schon ohnmächtig gewesen, als es Mutigen gelang, ihn mit einem Boot aus den reißenden Fluten zu bergen.

Karls Gesicht versteinerte. Er ließ das Holz liegen und ging.

Jackl rief: „Großvater!" Er wollte dem Vater nacheilen.

Sie hielt ihn fest. „Du kannst Großvater jetzt nicht helfen. Er braucht Ruhe." Der alte Mann war nie boshaft zu ihr gewesen. Sie betete im Stillen für ihn. Gleichzeitig zog sie Jackls Gesicht an ihren Bauch und streichelte ihm die Wange.

Wenn er stirbt, sehe ich Joseph Mohr, dachte sie und schämte sich dafür.

In der Wohnstube von Karls Vater brannte nur eine kümmerliche Kerze, von draußen aber drang der Schein dutzender Laternen herein, als leuchtete die Stadt in die Gruft des Sterbenden. Die Glocken läuteten.

Jackl fragte: „Warum darf ich nicht zu Großvater?"

„Dein Vater ist bei ihm", sagte Sophie. „Lass die beiden in Ruhe reden."

„Darf ich Großvater danach sehen?"

„Vielleicht", log sie. Karls Vater war vom reißenden Fluss an Steine und Holzteile gestoßen worden. Diesen Anblick würden sie Jackl ersparen. Er sollte den Großvater so in Erinnerung behalten, wie er vor dem Unfall ausgesehen hatte.

Die Stimmen draußen wurden lauter. Also war die Prozession der Schiffer angekommen und mit ihnen sicherlich Joseph Mohr. Es war Tradition hier, dass die anderen Schifferfamilien bei einem Unfall am Fluss mit Laternen vor ihre Häuser traten und Rosenkränze beteten, bis der Priester vorbeikam und sie segnete. Dann zogen sie alle in einer großen Prozession zum Haus des Sterbenden.

Sie öffnete die Tür. Einige der Schiffer traten ein, ältere Männer, die mit Rupert viele Jahre unterwegs gewesen waren. Mit ihnen kam Joseph Mohr ins Haus. Er fragte: „Ist er bei ihm?"

Sie nickte.

„Dann warte ich."

„Nein, besser nicht", sagte sie mit einem raschen Seitenblick auf Jackl.

Weiterer Erklärungen bedurfte es nicht. Er nickte und ging zur hinteren Kammer weiter. Mussten Priester vor einem Sterbenden und seinen Angehörigen nicht Zuversicht ausstrahlen und eine gewisse Festigkeit angesichts der Vorfreude auf den Himmel? Joseph Mohr gelang das nicht.

Kurz nachdem er die Kammer betreten hatte, kam Karl heraus. Glücklicherweise begriff Jackl nicht, was es bedeutete, dass der Priester mit Rupert allein sein wollte.

Karl ging zu seiner Schwester, die am Tisch saß und ein Taschentuch in den Händen knetete. Sie hatte erst im vergangenen Jahr geheiratet und war schwanger, in diesem Zustand war es für sie sicher kaum auszuhalten, dass ihr Vater verunglückt war. Einer der älteren Männer setzte sich ebenfalls zu ihr und sagte, sie dürfe Rupert auf keinen Fall die Augen schließen, sonst würde ihr Kind blind zur Welt kommen.

Jackl sah fragend auf. „Die Augen schließen – wie meint er das, Mama?"

„Wenn er gestorben ist", sagte sie leise.

Da trat Joseph Mohr aus der rückwärtigen Kammer. Er sagte, dass Rupert eingeschlafen sei.

Nun verzog Jackl entsetzt das Gesicht. Er verstand.

„Komm her, mein Schatz", sagte sie und zog ihn an sich.

Die Schiffer schleppten das Zunftkreuz und den großen geschnitzten Ständer für zehn Kerzen herein. Jeder Einzelne ging zu Karl und umarmte ihn, manche gaben auch ihr und Karls Schwester und sogar Jackl die Hand. Die meisten wussten jedoch nichts zu sagen, das waren ihr die liebsten. Andere sagten: „Wenigstens dürft ihr ihn begraben", und zählten die Namen von Schiffern auf, die in den vergangenen Jahren ertrunken waren und nicht in einem Grab hatten bestattet werden können, weil der Fluss sie mitgenommen hatte.

Für diese Ertrunkenen zündeten sie zu Allerheiligen nach Einbruch der Dunkelheit jedes Jahr „Seelenlichter" an und übergaben sie dem Fluss. Die Grablichter, die auf kleinen Brettchen befestigt waren, schwammen dann die Salzach hinunter, sozusagen den Toten hinterher, die diesen Weg vor Monaten oder Jahren genommen hatten.

Sophie ließ die Männer allein. Sollte Karl selbst sehen, wie er genug Bier für die Totenwache heranschaffte. Sie brachte Jackl nach Hause. Essen wollte er nichts. Er schmollte, weil er Großvater nicht hatte sehen dürfen. Widerwillig ging er nach dem Waschen ins Bett. Ob das Ertrinken Opa wehgetan habe?

Er sei ja nicht ertrunken, er sei an der Erschöpfung gestorben, sagte sie.

Ob er jetzt bei Oma wäre?

Am Tag der Auferstehung würden die beiden zu neuem Leben erweckt, sagte sie, dann würden sie sich in die Arme schließen.

Aber Opa habe doch gut schwimmen gekonnt, wieso sei er dann im Fluss ohnmächtig geworden?

„Jackl", sagte sie, „du hast selbst die reißende Strömung gesehen. Da kann man sich kaum über Wasser halten. Und

Opa war schon älter. Bei alten Menschen lassen die Kräfte nach.“

Er wolle nie alt werden, beschloss Jackl.

Sie betete mit ihm und deckte ihn zu. Dann erledigte sie den Abwasch, beim Klappern der Teller und Schüsseln schlief er immer besonders gut ein. Als sie fertig war, setzte sie sich an sein Bett und streichelte ihm zärtlich den Arm. Er schlief fest, sie hörte es am gleichmäßigen Atem. Bin ich eine gute Mutter?, fragte sie sich. Ich schaffe das nicht allein. Ich schaff's nicht.

Sie stand auf und warf sich ein wärmendes Tuch um. Dann verließ sie das Haus. Ihre Füße gingen den Weg zum Mesner wie von selbst, ihre Hände öffneten die Tür, die Beine trugen sie die Treppe hinauf. Sie klopfte. Auf eine Antwort wartete sie nicht, offiziell durfte Joseph Mohr sie nicht ins Zimmer einlassen, also trat sie selbst ein, niemand konnte ihm da einen Vorwurf –

Das Zimmer war leer. Er war nicht da.

Sie überlegte, ob sie im Treppenhaus auf ihn warten sollte. Aber der Mesner durfte sie nicht sehen, er würde unangenehme Fragen stellen. Zögerlich betrat sie das Zimmer und schloss die Tür hinter sich. Was tue ich!, schalt sie sich. Er ist Priester! Joseph Mohr war ihre Rettung, das spürte sie bis auf ihren Seelengrund hinab. Die moralischen Bedenken schob sie beiseite.

Trotzdem wagte sie nicht, sich hinzusetzen. Die Beine taten ihr bald weh vom Stehen. Schließlich nahm sie doch auf dem Stuhl vor dem kleinen Schreibtisch Platz. Ein Blatt lag darauf, gesprenkelt mit Punkten, die sich an Linien schmiegten. Musiknoten! So lange hatte sie keine mehr gesehen. Was ihr Vater wohl dazu sagen würde, dass sie hier im Zimmer eines Priesters saß, an den sie fortwährend denken musste? Vater liebte diese schwarzen Mäusepfötchenspuren auf den Notenlinien, aus denen die schönste Melodie entsprang, wenn man ihnen mit Geige oder Flöte Leben einhauchte. Vielleicht verstand er auch die Zuneigung seiner Tochter zum Priester, der sie geschrieben hatte.

Wie wurde ein Priester bestraft, der aus dem Dienst ausschied? Die Weihe galt lebenslang. Aber es musste doch Fälle gegeben haben, in denen ein Priester sich verliebte und heiraten wollte – was geschah dann?

Schritte auf der Treppe. Sie stand auf. Schob rasch den Stuhl heran. Mit fahrigen Bewegungen richtete sie sich das Haar und zog das Wollkleid zurecht.

Joseph Mohr erschien in der Tür und erstarrte.

Warum sagte er nichts?

Nach quälenden Momenten trat er endlich ins Zimmer und schloss die Tür. „Ich war noch in der Kirche“, sagte er. „Ich hoffe, Sie haben nicht zu lang gewartet.“

Warum bebte seine Stimme? Oder wollte sie das nur hören und bildete es sich ein?

Sein Gesicht zeigte innere Aufruhr. „Sie sollten nicht hier sein, Sophie."

Warum nicht?, wollte sie fragen. Aber sie schwieg.

Er zog ihr den Stuhl zurecht. „Bitte setzen Sie sich." Er selbst nahm auf der Bettkante Platz. „Konnten Sie sich mit Ihrem Mann aussprechen?"

„Also, ich ..." Fühlte er sich verpflichtet, das Gespräch auf Karl zu lenken? Sie war nicht hier, um ausgerechnet über ihn zu reden. „Ich habe Ihnen doch von meinem Vater erzählt. Als Spielmann verdient man kaum etwas, wir waren immer arm. Aber wir haben reiche Onkel, die Brüder meines Vaters betreiben ein Tuchgeschäft. Sie helfen uns, erwarten allerdings dafür, dass wir unser Leben so führen, wie sie es für richtig halten."

„Warum erzählen Sie mir davon?"

„Mein Bruder wurde aus der Schule genommen und von ihnen gezwungen, eine Lehre im Tuchhandel anzufangen. Es war grauenvoll. Zwei Jahre hielt er durch, dann entkam er nach Italien. Sie können sich nicht vorstellen, wie gründlich sie nach ihm gesucht haben."

Seine Hände ruhten auf den Knien, aber der Körper war angespannt. Er saß da, als sei er jederzeit bereit, aufzuspringen und den Raum zu verlassen.

Dass er sie so sehr fürchtete – hieß das, dass sie ihm gefiel? Der Gedanke löste einen glücklichen Schauer in ihrem Körper aus. „Auch ich wollte fort von diesen Onkeln. Deshalb habe ich Karl geheiratet. Ich bin hierher nach Laufen gegangen und habe mich einem Schiffer an den Hals geworfen, um wegzukommen aus der Stadt und ihrem Einflussbereich. Meinen Bruder malträtieren sie immer noch. Mich lassen sie in Ruhe. Vielleicht denken sie, aus dem Weib wäre sowieso nichts geworden."

„Sie haben da ein schlechtes Bild von Ihren Verwandten."

„Ich habe auch eine Tante in Linz, die ist wunderbar, und ihr Mann, also mein Onkel Anton, genauso. Ich denke nicht über alle Verwandten so schlecht."

„Sie wollen mir sagen, dass es mit Ihrer Ehe nicht zum Besten bestellt ist." Sein Blick wurde fest.

„Das wussten Sie doch längst. Denken Sie an Marline. Nein, ich wollte Ihnen sagen, dass es mit meiner Ehe noch nie gut bestellt war, auch vor Marline nicht. Das sage ich Ihnen, weil …" Weil ich Sie liebe, Joseph Mohr. Sie erschrak vor ihrem eigenen Gedanken. Das Blut stieg ihr in den Kopf.

„Sophie, es ehrt mich, dass Sie zu mir gekommen sind. Ich, also, ich kann nicht behaupten, dass es mir … Dass es mich nicht …" Er sah auf den Boden, als suche er dort die Worte, die ihm fehlten.

Wie von unsichtbaren Fäden gezogen, stand sie auf. Sie trat zu ihm hinüber und wollte sich neben ihn setzen. Er hob abwehrend die Hände, sodass sie mitten in der Bewegung erstarrte.

„Bitte, kommen Sie nicht näher", sagte er. „Bleiben Sie am besten, wo Sie sind."

Sie ließ sich wieder auf ihrem Stuhl nieder.

„Ich glaube, Ihnen ist nicht klar, wie kostbar das ist, was Sie haben." Seine Stimme war plötzlich heiser geworden. „Ihre Ehe erscheint Ihnen zerbrochen zu sein wie ein Teller, der in zwei Stücken am Boden liegt. Aber Sie vergessen, wie viele Menschen aus der bloßen Hand essen."

„Was meinen Sie damit?"

„Sie haben immerhin eine Familie."

Wut loderte in ihr auf. „Und was ist das bitte für eine Familie, in der der Mann mit anderen Frauen schläft und uneheliche Kinder in die Welt setzt?"

„Sie sollten wissen, dass Sie mit einem Ebensolchen sprechen." Nun hob er den Blick und sah sie an, sah ihr geradewegs ins Gesicht.

„Sie meinen, mit einem Ehebrecher?"

„Nein", sagte er leise. „Mit einem Strohbankert. So heißt es doch bei Ihnen."

Sie stutzte. „Ich wusste nicht, dass man als uneheliches Kind Priester werden kann."

„Ganz so leicht ist das nicht. Bevor ich ins Priesterseminar eintreten durfte, musste ich den Erzbischof um Dispensation bitten. Ich glaube, sie wurde mir nur gewährt, weil sich mein Förderer, Domvikar Hiernle, für mich eingesetzt hat."

Bei den Schiffern konnte ein Strohbankert es zu kaum mehr als zu einem Scharler bringen, einem Tagelöhner und Ruderergehilfen. Noch vor einigen Jahren hatte man nach der Geburt eines unehelichen Kindes zur Strafe am Kirchentor Prangerstehen müssen mit einem Zopf aus Stroh am Kopf. Mancher verlor durch die Schande alle Freunde. Karl würde es natürlich nicht so gehen, selbst wenn es die Sitte noch gäbe. Der würde doch bei seinen Schifferkumpanen noch Lob für seine Dreistigkeit ernten.

Aber ein Priester, der aus leichtfertigem Verhalten entstanden war? Wie konnte er das Abendmahl austeilen, wenn er aus solchen Verhältnissen stammte? Sie musterte Joseph Mohr. Er erschien ihr wie ein Wunder. Die Herkunft konnte ihm nichts anhaben, er war dadurch noch makelloser. Wie ein Kind, das man halbtot aus einem brennenden Haus gerettet hatte und das danach zu einem starken und klugen Mann herangewachsen war.

„Im Taufbuch bin ich nur im Anhang verzeichnet", sagte er, „als *filius naturalis.* Die Dienstmagd des Salzburger Scharfrichters ist meine Taufzeugin. Und meine

Mutter nennt sich seitdem Anna, eigentlich heißt sie Maria Salome, aber ihr richtiger Name erscheint ihr zu wertvoll für ihre erbärmliche Existenz."

Er hielt inne, und sie wartete darauf, dass er weiterreden würde. Der Moment erschien ihr unendlich kostbar. Joseph Mohr öffnete sich, er offenbarte ihr seine innersten Empfindungen!

„Die Eltern hatten sich wohl mehr erhofft", sagte er, „als sie meiner Mutter diesen Namen gegeben haben. Sie ist die Tochter eines Halleiner Salzamtsschreibers, es fing gut an mit ihr. Dann ist sie von Federn auf Stroh gekommen."

„Und Ihr Vater?"

„War Musketier im Dienst des Fürsterzbischofs. Ich habe ihn mir oft vorgestellt in seinen weißen Füsilierhosen. Aber er hat sie wohl nicht lange getragen. Ist getürmt, bevor ich auf die Welt kam. Ich habe ihn nie kennengelernt. Wissen Sie, es ging mit Salzburg ziemlich bergab, als das Erzstift säkularisiert wurde. Viele verloren ihr Auskommen, die Adelsfamilien und die höheren Beamten zogen weg, und dadurch hatten Dienstboten und Dienstmädchen keine Arbeit mehr, und auch die Handwerker hatten viel weniger Auftraggeber. Dazu kamen einige Missernten in diesen Jahren. Keine gute Zeit, um ein Kind zu kriegen. Auf der östlichen Salzachseite knurrte allen der Magen, also da, wo die lebten, die arm waren wie wir."

Sie sah nachdenklich auf ihre Hände. Joseph Mohr war wie das Kleine von Marline aufgewachsen. Auch dieses Kind würde ohne seinen Vater leben, es sei denn, Karl ließ Jackl und sie sitzen und nahm Marline bei sich auf. Dann aber wuchs Jackl ohne Vater auf. „Wie haben Sie es geschafft zu studieren?"

„Sie sollten jetzt gehen."

„Bitte", flehte sie, „ich werde gehen, aber schicken Sie mich noch nicht fort." Wie konnte sie ihn dazu bringen weiterzureden? „Ihre Geschichte gibt mir Mut in meiner Situation."

Er holte tief Luft. Dann sagte er: „Domvikar Hiernle hat eines Tages unsere schäbige Kammer betreten. Ich bin fürchterlich erschrocken, und meine Mutter auch, weil sie dachte, ich hätte etwas angestellt. Aber der Domvikar sagte, er habe mich auf der Straße singen gehört. Aus mir könne etwas werden. Er würde sich für mich einsetzen."

„Das heißt, Sie durften studieren, weil Sie eine schöne Stimme haben?"

„Gewissermaßen. Vielleicht tat ich ihm auch leid. Ich hatte furchtbar dünne Beine damals, wie Stecken. Und große Augen. Man sieht Kindern an, wenn sie hungern."

„Ihre Mutter muss so erleichtert gewesen sein!"

„Sie hat geweint, als ich zwei Tage später mit Hiernle gegangen bin. Aus Trauer und vielleicht auch vor Glück, weil etwas aus mir werden konnte und sie sich für mich gefreut hat. Sie hätte mir eine Schuldbildung und das Studium nie bezahlen können."

„Dafür ist sie dem Domvikar sicher auf ewig dankbar."

„Ich hatte Angst vor ihm, vor allem wegen der ausgestopften Vögel in seiner Wohnung."

„Schämen Sie sich für Ihre Herkunft?"

Er dachte nach. „Als ich auf die Schule in Kremsmünster wechselte, gab ich Hiernle als Pflegevater an und sagte, ich sei elternlos. Wenn meine Mutter erfahren würde, dass ich sie aus Scham verschwiegen habe, wäre sie arg verletzt."

Glitzerten da Tränen in seinen Augen? Wieder zogen die unsichtbaren Fäden an ihr. Ich zeige ihm nur, dass ich ihn trotzdem schätze, auch wenn er ein Strohbankert ist, belog sie sich und setzte sich neben ihn aufs Bett. Sie nahm seine Hand.

„Sie müssen wirklich gehen", sagte er und stand auf. Sie erhob sich ebenfalls, aber er hielt ihre Arme fest. „Bitte, Sophie, mach es nicht schwerer, als es bereits ist. Soll Jackl genauso seinen Vater verlieren? Geh nach Hause zu deinem Mann. Wir werden uns nie wieder treffen."

„Gefalle ich dir nicht?"

„Ich wünschte, es wäre so."

„Bitte, schick mich nicht weg."

„Verstehst du nicht, wie kostbar das ist, was du hast: eine Familie? Ich habe mir immer eine richtige Familie gewünscht. Du darfst sie nicht zerstören."

„Wir brauchen Familien, das stimmt. Aber was wir hier in Oberndorf haben, das sind doch keine! Die Männer sind immer weg und die Kinder werden als Schifferbuben an Deck geholt."

„Auch meine Kraft ist mal erschöpft", keuchte er. Hastig verließ er den Raum.

Sie stand mit zitternden Knien da. Dann sank sie auf das Bett nieder. Strich über die Wolldecke. Sah aus dem kleinen Fenster. Es würde ein Abschied für immer sein, sobald sie diesen Raum verließ, das wusste sie.

Der Nachtwächter klopfte an den Fensterladen. Karl richtete sich im Bett auf. Es kam ihm vor, als hätte er im Schlaf auf diesen Augenblick gewartet, sofort war er hellwach. Zwei Uhr. Auch Sophie musste geweckt geworden sein, sie hatte einen leichten Schlaf. Aber sie hielt die Augen geschlossen, um ihn nicht verabschieden zu müssen.

Er zog die Hose an, das Unterbein, das mit schützendem Leder überzogen war, schlug gegen seine Wade. Dann schlüpfte er in die blauwollene Arbeitsjoppe. Band sich die Halbschuhe. Er zog den Regenmantel an und setzte den Schlapphut auf. Zum Schluss hängte er sich das Gewehr um.

Man wusste nie, ob man von einer Fahrt heimkehrte oder nicht. Auch wenn man sich bei der Arbeit konzentrierte, auch wenn der Steuermann vorausschauend die Verhältnisse der Fahrrinne abschätzte und jeder sein Ruder geübt führte – der Lauf der Salzach und ihrer Nebenarme formte sich bei jedem schweren Gewitter neu. Vor allem auf der Strecke bis Passau, wo es wenig Gefälle gab, musste man immer wieder eine neue Fahrrinne suchen. Die Kiesbänke änderten ihre Form und ihre Lage. Eine kleine Unaufmerksamkeit genügte und es gab ein tödliches Schiffsunglück.

Karl sah zu den Betten. Sophie lag reglos da. Inzwischen glaubte er nicht mehr daran, dass sie ihm je verzeihen würde. Und Jackl? Er atmete ruhig, er schlief. Karl trat zu ihm und legte ihm vorsichtig die Hand auf die Brust. Wie gleichmäßig sie sich hob und senkte. Zum hundertsten Mal nahm er sich vor, geduldiger mit ihm zu sein und ihn öfter zu loben. Warum gelang ihm das so selten, woher rührte diese innere Sperre, die ihn daran hinderte, weichherzig mit ihm umzugehen? Wenn ich wiederkomme, dachte er, nehme ich ihn mit zum Schopperplatz und wir schnitzen uns etwas Schönes aus den Holzresten. Das wird ihm Freude machen.

Er sah noch einmal nach Sophie. Von ihr gehasst zu werden, tat ihm weh. Er verdiente nichts Besseres. Mach's gut, Sophie, dachte er.

Dann verließ er das Haus. Der Nachtwächter war längst weitergegangen, die Straße lag still im Mondschein. Er schlich zum Brombeerstrauch und grub darunter nach dem Bündel. Mit dem Ärmel blieb er an den Dornen hängen, er riss sich los und bog die Zweige zur Seite, scharrte weiter. Da war es. Er schüttelte die Erdkrumen ab und versteckte das Bündel unter der Joppe. Prüfend blickte er an sich hinunter. Würde die Ausbuchtung Verdacht erregen? Sie konnte ebenso gut von einem Proviantpaket stammen oder von Eisen und Feuerstein.

Er marschierte los. Die eisernen Schuhnägel, die an Bord festen Halt auf den nassen Planken gaben, kratzten über den Weg. Jeder, der in den armseligen Häusern der Altach erwachte und dieses Geräusch hörte, wusste: Ein Schiffer läuft nach Hallein. Sie würden sich umdrehen und weiterschlafen, froh, dass sie in dieser Nacht nicht unterwegs sein mussten.

Früher war er die Strecke in zwölf Stunden gelaufen. Das schaffte er nicht länger. Das Älterwerden machte ihn zornig, auch wenn er schwer sagen konnte, wem er zürnte – seinem Körper vielleicht, dessen Kräfte nachließen, schon jetzt, mit Ende dreißig? Oder warf er sich mangelnde Willenskraft vor? Schwäche konnte er nicht brauchen bei seiner Arbeit.

Vor allem aber war es ihm unangenehm, dass er nicht mehr gut hörte. Bisher hatte er das vor Sophie und Jackl verbergen können, und auf dem Fluss redeten sowieso alle lauter. Früher oder später aber würde man ihm auf die Schliche kommen. Immer öfter nickte er und sagte Ja, obwohl er kein Wort verstanden hatte. Senile Greise waren schwerhörig, aber doch nicht er!

Er gönnte sich nach etwa fünf Stunden eine kurze Rast und blinzelte in die aufgehende Sonne. Dann lief er weiter. Als er am Nachmittag Hallein erreichte, brannten ihm die Fußsohlen. Er sah zur Kirchturmuhr. Dreizehneinhalb Stunden. Immerhin.

Am Griesrechen, der Flusswehranlage, wo sie mit Stangen Baumstämme aus dem Wasser zogen, die von den Wäldern die Salzach heruntergetriftet worden waren, musste er an Vater denken. Immer war Vater stark gewesen, ein Vorbild, einer, der das Leben im Griff hatte. Und am Schluss hatte ihn der Fluss besiegt. Er hatte ihm von Marline erzählen wollen, hatte seinen Rat gebraucht. Vaters Tod erschien ihm wie die Weigerung, mit dem zerstörten Leben seines Sohnes etwas zu tun haben zu wollen. Vater war gestorben in dem Glauben, eine aufgeräumte Welt zu hinterlassen, aber es war nichts aufgeräumt, im Gegenteil.

Diese Massen an Holz. Alles für die Stützbalken im Salzbergwerk. Immer tiefer trieben sie ihre Stollen in den Berg und schabten den weißen Schatz heraus. Karl sah die Wand des Dürrnbergs hinauf. Hätten die Kelten hier nicht schon vor der Geburt Jesu Christi Salz abgebaut, hätte es womöglich niemand entdeckt. Salzburg hieße nicht Salzburg, und Hallein hieße ebenfalls anders, „Hall“ war ja ein altes Wort für „Salz“. Und wie würden sie Fleisch und Fische haltbar machen, wenn nicht durch Einpökeln mit dem Salz aus dem Berg?

Wie wäre sein Leben verlaufen, wenn er sich nicht in Marline verliebt hätte? Wenn er stark geblieben wäre, aus Respekt vor Sophie und um Jackl zu schützen? Er hatte sich verirrt, und auch wenn er selbstbewusst tat, hatte er bis heute nicht wieder auf den richtigen Weg zurückgefunden.

An der Anlegestelle herrschte Geschäftigkeit. Seine Plätte war bereits beladen, Mathias, der Steuermann, spannte gerade die wetterfeste Plache über die Salzfässer. Karl kletterte an Bord. „Lass mich das machen“, sagte er.

Mathias nickte. Er rief den anderen zu, wo sie Schießpulver und Kugeln verstaut hätten.

Karl legte das Gewehr ab und hockte sich vor die Fässer. Sie verbargen ihn vor den Blicken der anderen. Er zog das Bündel unter seiner Joppe hervor. Das lange Wandern hatte es warm werden lassen. Er versteckte es zwischen zwei Fässern in der Nähe seines Ruders. Dann zog er die Plache über den Fässern straff, verzurrte das Wachstuch und machte einen Knoten in den Strick.

Da ließ der Steuermann schon die Leinen lösen. Karl beeilte sich, zu seinem Ruder zu kommen. Die anderen standen bereits an ihren Positionen. Vorsichtig steuerten sie in die Mitte des Flusses.

„Was nehmen wir auf der Rückfahrt mit?“, fragte Karl.

„Donauwein“, antwortete Mathias, „Gewürze, Papier, Glas und ein paar Fässer Gips.“

„Ein paar Fässer Grips wären besser“, scherzte Seppl.

Die Schiffer lachten. „Oder was mit Schwips“, rief Egyd. „Schnaps wär mir recht.“

Auch die anderen hatten ihre Gewehre dabei. Je kostbarer die Fracht, desto größer war die Gefahr, überfallen zu werden. Obwohl sie als Schiffer nicht am Gewinn beteiligt waren, hafteten sie für die Güter. Salz war teuer, Wein, Papier und Gewürze aber noch mehr. Sie würden auf der Rückfahrt besonders aufmerksam sein müssen, und nachts, wenn sie anlegten, würde Mathias sie zu Wachdiensten einteilen.

Sie passierten ein Uferkreuz. Karl schlug ein Kreuz mit dem Ruder. Aber er tat es nur stumpf, aus Gewohnheit. Er glaubte nicht mehr, dass es etwas nützte. Schon immer hatte er sich Gott ähnlich seinem eigenen Vater vorgestellt und sein Vater war ein gerechter Mann gewesen. Für jeden Kinderstreich erhielten er und seine Schwester die verdiente Strafe. Hatten sie hingegen eine Belohnung versprochen bekommen, wenn sie in einer Woche im Winter jeder acht Fische aus dem zugefrorenen Fluss gefangen und die Fische je mindestens ein Viertelpfund gewogen hatten, bekamen sie wie zuvor angekündigt ihr

Leibgericht, Rohrnudeln mit Honig. Hatten sie ihre Pflicht nicht erfüllt, konnten sie noch so ausdauernd betteln, er ließ sich nicht erweichen, und Mutter wagte nicht, sich gegen ihn aufzulehnen und gegen seinen Willen Rohrnudeln zu backen.

Wenn schon ein Mensch so konsequent war, würde Gott es erst recht sein. Karl hatte jedes Recht auf eine Belohnung verwirkt, das wusste er. Mit Gottes Schutz konnte er nicht mehr rechnen und auch das Leben in Ewigkeit war wohl für ihn verwirkt. Dieses Wissen schuf eine bittere Leere in ihm.

Ein einziges Glück war übrig geblieben. Beim Gedanken daran lächelte er traurig.

„An wen denkst du?“, rief Seppl.

„An niemanden.“

Seppl lachte. „Dann möchte ich dieser Frau auch mal begegnen.“

In den Schluchten bei Eching begann es zu regnen. Sie fuhren zwischen den senkrechten, hoch aufragenden Uferwänden hindurch, und der Regen peitschte auf sie nieder, als wollte er sie ersäufen. Das Wasser floss ihm vom Schlapphut seitlich über die Schulter ab. Die erste Stunde würde der Regenmantel aus Walkloden dicht halten.

Aber die Plätte hatte einige undichte Stellen! Flusswasser drang von unten zwischen den Planken hindurch.

Moosstückchen von der Abdichtung schwammen darin. Die Plätten waren nur auf eine Lebenszeit von drei bis vier Jahren ausgelegt. „Wie alt ist das Schiff?“, rief er gegen das Regenrauschen an.

„Sie wird in Wien zerlegt“, antwortete Mathias. „Auf dem Rückweg haben wir eine neue.“

„Hoffen wir, dass wir bis Wien kommen!“ Er deutete auf die Pfützen.

Mathias ließ einen anderen das Steuer übernehmen und kam herüber. Er kauerte sich nieder, steckte die Finger in die Fugen und tastete. „Verdammt. Ich hab doch gesagt, sie sollen die Keile nachsehen!“

Womöglich würden sie in Österreichisch Laufen den Schopperplatz anfahren und einige Keile erneuern müssen, indem sie sie mit Moos stopften und mit frischen Schopperklampfen festnagelten. Bei der Gelegenheit konnten sie gleich den Pflock, an dem sein Ruder befestigt war, erneuern. Er wackelte bedrohlich.

Mathias ging zurück zum Steuerruder. Zeit wurde es, die Plätte zog nach rechts, und Seppl wurde an seinem Ruder gebraucht. Mathias löste ihn am Steuer ab. Er musste nichts sagen, sie wussten alle, was zu tun war. Sie hatten trotz der vierzig Fässer Salz nur einen Tiefgang von kaum zwei Handbreit und waren empfindlich gegen Seitenwind, das war jedem von ihnen bewusst.

Immer näher kam das Floß dem rechten Ufer. Karl zog das Ruder erneut kräftig durch. Sein Ruder war fünfzehn Schritt lang, die Hebelwirkung war nicht zu verachten.

„Nicht nachlassen!", rief Mathias.

Das würde eine ziemliche Plackerei werden. Aber lieber schuftete er den ganzen Tag, als festzusitzen wie letztes Jahr mit dem Weintransport aus Ungarn. Während er das Ruder durchzog und sie die Plätte wieder in die Mitte der Fahrrinne brachten, dachte er an jenen heißen Sommer zurück. Wegen der Dürre hatte die Salzach zu wenig Wasser geführt und sie hatten mit der Weinlieferung tagelang zwischen Tittmoning und Laufen festgesteckt. Aus Sorge, dass wegen der Hitze der Wein verderben könnte, waren sie immer gereizter geworden und hatten sich den ganzen Tag gestritten. Arbeitete man hart zusammen, verband das die Besatzung. Saß man nur herum und war einem Unglück ausgeliefert, fingen die Männer miteinander Streit an.

Sie erreichten die Heimat. Mathias ließ tatsächlich den Schopperplatz ansteuern. Jetzt regnete es kaum mehr, es tröpfelte nur noch ein wenig. Karl ging an Land und drückte sich am Rande des Schopperplatzes herum. Er musste die Plätte im Blick behalten. Sollten sie sein Bündel finden, würden sie unangenehme Fragen stellen.

Endlich war das Hämmern und Klopfen beendet, Mathias pfiff laut, und die Schiffsbesatzung kam erneut an Bord. Sein Bündel war unentdeckt geblieben. Die Fahrt ging weiter.

Je näher sie Burghausen kamen, desto wilder pochte sein Herz. Das Land rechts der Salzach war Österreich zugesprochen worden. Früher hatte es Innbaiern geheißen, jetzt hieß es Innviertel, und Marline hatte ihm erzählt, dass aus Wien Sprachlehrer geschickt worden waren, um den ortsansässigen Bewohnern den österreichischen Dialekt zu vermitteln, was bei der Landbevölkerung auf wenig Gegenliebe stieß. Wie konnte man von den Bauern verlangen, zukünftig „Müch" zu sagen statt „Muich", wenn sie Milch meinten?

Das Schachern der Mächtigen da oben zerrieb das Volk immer weiter. Sie führten Kriege um Wiesen und Dörfer und zerstörten dabei das bisschen Geschirr und Bett und Tisch, das sich die Ärmeren mit mühsamer Schufterei erarbeitet hatten.

Wie das geschlagene Heer von Erzherzog Johann damals durch Laufen gekommen war! Er war dreizehn gewesen und hatte die Division Fürst Liechtenstein mit dem Armeegepäck über die Salzachbrücke ziehen sehen, zwei Stunden lang, ein endloser Zug von Soldaten. Dann kam der Befehl, die Brücke zu sprengen, damit die nachrückenden Franzosen den Österreichern nicht folgen konnten, aber man bat und bettelte, und schließlich erhielt Laufen die Erlaubnis, die lebenswichtige Brücke zwischen den zwei Stadtteilen in Stücken abzutragen, wenn sie nur schnell genug waren. Die hölzerne Fahrbahn wurde abgebaut, bloß die Joche blieben stehen. Währenddessen verschanzte sich die Armee auf dem Totenberg oberhalb seines Elternhauses. Man befahl den Anwohnern, sämtliche Schiffe auf das jenseitige Ufer zu bringen, damit die Franzosen nicht per Schiff übersetzen konnten.

Dann trafen sie ein. Hunderte Pferdehufe trappelten, Munitionskarren rasselten heran, Soldaten marschierten. Es war der 13. Dezember, die Salzach war bitterkalt. Trotzdem schwammen drei französische Soldaten herüber und holten, schlotternd vor Kälte und unter Beschuss durch die Österreicher, ein Schiff auf ihre Seite. Die Kugeln spritzten nur so in den Fluss! Aber sie schafften es. Er konnte nicht umhin, die Franzosen für ihren Mut zu bewundern, obwohl sie die Feinde waren. Die Bewunderung schlug abrupt in Angst um, als sie seinen Vater mitnahmen.

Sie zwangen ihn, vierhundert französische Soldaten überzusetzen, an einer Stelle, die nicht gut beschossen werden konnte. Wieder und wieder musste er hinüberrudern.

Um die Österreicher davon abzuhalten, das Ufer zu besetzen, schossen französische Vierpfünder und Sechspfünder von Arbisbichl und vom Burgfeld aus auf den Totenberg, es krachte und krachte und krachte, und auf dem

Totenberg zerplatzte die Erde. Fehlgeleitete Kanonenkugeln schlugen in die Wohnhäuser ein.

Während er rudernd übersetzte, befahl Vater ihm vom Fluss aus, er solle in den Hackerwald bei Maria Bühel laufen und sich dort verstecken. Er sagte nicht, dass die Mutter und die Schwester bereits dort waren, wahrscheinlich wollte er nicht, dass die Soldaten das erfuhren. Karl blieb, als könnte er ihn schützen, indem er ihn nicht aus den Augen ließ, als würden die Franzosen nicht wagen, Vater etwas anzutun, solange er zusah.

Währenddessen holten die Franzosen weitere Schiffe heran und bauten eine Schiffbrücke. Nun gelangte das gesamte französische Heer hinüber und schlug die Österreicher in die Flucht.

Weitere französische Regimenter erreichten Laufen. Die Soldaten brachen die Türen der Häuser auf, stürmten sie und raubten, was sie fanden, Vorräte und Geschirr und Gerätschaften.

Manche vergewaltigten Frauen und stachen Männer ab, die nicht verraten wollten, wo die Wertsachen versteckt waren. Vater kam an das Ufer gestolpert und hielt ihn fest, er hielt ihn im Arm, während er, Karl, zitterte und sich an ihn klammerte.

Sie gingen nach Hause, und obwohl ihr Haus bereits durchwühlt worden war, kamen weitere Franzosen und rissen die Kästen und Schubläden auf und durchsuchten sie erneut. Hemden und Unterhosen und alles, was für sie Wert hatte, warfen sie mitten ins Zimmer. Die Betten bearbeiteten sie mit dem Säbel, um zu sehen, ob nicht ein Geldsäckel darin versteckt sei. Seinem Vater nahmen sie die Stiefel ab. Sie zerschlugen das Wasserschaff in der Küche, das Wasser spritzte durch den Raum.

Als im März die letzten Franzosen abzogen, war Laufen halb zerstört.

Fünf Jahre später kamen sie wieder. Und neun Jahre später erneut. Und schließlich, im vergangenen Jahr, waren die österreichischen Truppen durch Laufen gezogen und hatten alles mitgenommen, was nicht niet- und nagelfest gewesen war.

Sein Großvater war als Schiffer noch Bürger gewesen. Heute waren die Schiffer zwar genauso stolz, aber sie waren bedeutungslos geworden, ein feuchter Dreck am Stiefel der Gesellschaft. In der Altach, wo die Schiffsbesatzungen lebten, gingen Hunger und Armut um.

Die Sorge, seine Familie nicht mehr ernähren zu können, presste ihm die Brust zusammen, nur deshalb versoff er das Geld – um diesen Druck auf der Brust loszuwerden – und fühlte sich am Ende noch schlechter.

Das ist kein Grund, sagte sein Gewissen. Du hattest eine Verantwortung.

Es wurde dunkel. Sie legten nahe Burghausen an und machten die Plätte fest. Er meldete sich für die zweite Wache. Alle legten sich schlafen, bis auf Seppl, der die erste Wache hatte, und ihn. Er sagte, dass er in einer Stunde zurück sein würde, Seppl solle ja nicht auf ihn schießen, er würde das Lied der alten Schiffersleut pfeifen. Ob er zu Niemandem gehe, neckte ihn der Kamerad. Er dachte sich wohl seinen Teil.

Im schwachen Sternenlicht holte er das Bündel aus seinem Versteck und machte sich auf den Weg. Die Lichter von Burghausen flackerten freundlich. Ein paar Häuser waren schon dunkel, aber in den meisten brannte noch eine Lampe, auch im Haus von Marlines Eltern. Dort brannte unten und im ersten Stock Licht.

Oben war das Fenster zum Lüften geöffnet, es stank nach Schafsfett und Benzoeharz. Marline kochte wieder Schneckensalbe.

Er nahm leise die Obstleiter von der Schuppenwand und lehnte sie ans Haus. Durch das Fenster konnte er sehen, wie Marlines Mutter die Regale der Vorratskammer mit neuem Papier auslegte. Sie hatte das Sauerkrautfässchen und alle Schachteln und Einweckgläser beiseitegeräumt und schnitt sorgfältig lange Papierstreifen zurecht, die sie auf die Regalböden fügte, als würde sie den Gläsern und Schachteln ein Bett zurechtmachen.

Dahinter konnte er den Küchentisch sehen, der steinerne Mörser stand darauf, in dem Marline das Schafsfett zerquetschte. Auf einem Brettchen Dutzende Schnecken, bereits aufgeschnitten und ihrer Eingeweide entledigt. Daneben warteten die Lilienzwiebeln darauf, gehackt zu werden, und das Benzoeharz, das Marline den aufgekochten Schnecken später mit Kandiszucker und süßem Mandelöl zugeben würde, bevor sie die Salbe in Büchsen füllte.

Frauen kauften die Salbe zu einem hohen Preis, durch das Schneckensammeln und Zubereiten der Salbe verdiente sich Marline ihren Lebensunterhalt. Die Frauen glaubten, dass die Salbe ihnen eine feine Haut erhielte.

Er stieg hinauf ins Obergeschoss und kletterte durch das offene Fenster ins Haus. Jemand hantierte unten in der Küche am Herd. Marline würde auch die Kleine bei sich haben. Er schlich ins Schlafzimmer. Dort stand neben Marlines Bett das kleine Kinderbett. Er schlug das Lumpenbündel auf und entnahm ihm die Puppe, an der er wochenlang heimlich gebastelt hatte. Ihr strohgefüllter Stoffleib knisterte leise, als er sie auf das Kopfkissen des Kinderbetts setzte. Er zog den roten Stoff des Kleidchens zurecht. „Pass gut auf sie auf", flüsterte er.

Als er sich zur Tür umdrehte, fuhr er vor Schreck zusammen.

Marline stand da, die Hände fleckig, die Schürze blutbespritzt. „Was willst du hier, Karl?", fragte sie drohend.

Er sagte: „Ich wollte Anni sehen."

Sie verzog das Gesicht. „Glaubst du, das habe ich nicht gewusst?" Sie zischte: „Du wirst sie nicht sehen. Nie wieder wirst du sie sehen."

„Bitte tu mir das nicht an, Marline."

„Frag dich mal, was du mir antust! Wie kann man ein Kind lieben und die Mutter hassen?"

„Ich hasse dich nicht."

„Seit fünf Jahren warte ich darauf, dass du kommst und mich zu dir holst. Oder dass du mich zumindest besuchst und mich fragst, wie es mir geht. Und jedes Mal bist du nur hier, um Anni zu sehen. Hast du mich damals überhaupt gern gehabt?"

Er sah sie an, ihre dunklen Augen, das feine Haar, das in Wellen über ihre Schultern fiel. Sie war kleiner und zierlicher als Sophie und hatte ein hübsches Puppengesicht. Er würde sich auf der Stelle wieder verlieben können. „Ja, das habe ich. Aber du weißt, dass ich Sophie habe und Jackl, ich kann nicht von ihnen weggehen."

„Dann hättest du nicht herkommen und mir ein Kind machen sollen."

Er schluckte. „Ich weiß." Er hatte ihr wehgetan, indem er sie sitzen gelassen hatte. Und nicht nur das, er hatte diesem zarten Wesen unwiederbringlich die Zukunft verbaut.

Schwere Schritte kamen die Treppe herauf. Marlines Vater trat hinter ihr in den Raum. „Verlassen Sie auf der Stelle mein Haus!", befahl er. Obwohl er weit über vierzig war, flößte er Karl Angst ein. Er arbeitete in der Knochenmühle, zerschlug und zerstampfte Knochen, die dann als Dünger in die Äcker eingepflügt wurden. Diesem Knochenzermalmer wollte er nicht in die Pranken geraten.

„Schon gut, ich gehe." Er tat einen Schritt auf die beiden zu und sie machten ihm Platz. Als er die Treppe hinunterstieg, hörte er unten Anni rufen: „Mama?" Dann, am Fuß der Treppe, sah er sie durch den Türsturz aus der Küche treten. Kaum, dass sie ihn sah, machte sie kehrt und floh zurück in die Küche.

Sein Kind, seine Tochter, nahm Reißaus vor ihm.

Wie machte man einen furchtbaren Fehler wieder gut? Das Verhältnis mit Marline damals war nicht in Ordnung gewesen, das wusste er, das hatte er immer gewusst. Aber was sollte er mit der Schuld anfangen, die ihn seitdem niederdrückte, und vor allem, wie konnte er das Zerbrochene in den Menschen wieder heilen, die er verletzt hatte?

Obwohl er wusste, dass es Ärger geben würde, folgte er Anni in die Küche. Sie musste sich unter dem Tisch versteckt haben, sie war nirgendwo zu sehen. „Anni, Kleines", sagte er, „du brauchst doch keine Angst vor mir zu haben." Er ging in die Hocke und sah unter den Tisch.

Tatsächlich kauerte sein Töchterchen dort, ihre Augen dunkel wie Kohlenstücke.

„Ich habe dir etwas mitgebracht. Es ist oben."

Hinter ihm sagte eine tiefe Stimme: „Sie sollen das Haus verlassen, habe ich gesagt."

Er stand auf.

Nun waren sie schon zu dritt: Marlines Vater, ihre Mutter und Marline. Sie hielt ihm die Puppe hin: „Nimm das wieder mit."

Er schluckte. Keine Spur von ihm sollte im Leben von Anni bleiben. Er sollte getilgt werden, herausgeschnitten werden wie eine Pestbeule. Zögerlich nahm er die Puppe. Er ging zur Tür.

Da hörte er Tippelschritte und Annis Stimme, die leise sagte: „Papa."

Er drehte sich um. Anni war ihm nachgelaufen. Sie streckte die Hände nach der Puppe aus. Er gab sie ihr und Anni drückte die Puppe an sich.

„Ich komme wieder", sagte er mit tränenerstickter Stimme. „Ganz egal, was sie sagen, ich komme wieder, mein Kind."

Kalter Wind zog von den Bergen hinunter ins Tal. Gletscherwind. Die letzten Schiffer kehrten heim, der Fluss führte bereits Treibeis, jetzt war an eine Fahrt nicht mehr zu denken. Zum Nikolaustag bastelten die Kinder ein Nikolausgärtchen: Sie stellten auf einem kleinen Brett Tannenzweige wie kleine Bäume auf, legten Moos darunter und bauten einen winzigen Zaun ringsum. Zwei Figuren wurden in das Gärtchen gestellt, Sankt Nikolaus und Krampus. Abends stellten sie das Gärtchen ans Fenster und freuten sich, wenn am nächsten Morgen kleine Geschenke darin lagen: Äpfel oder Nüsse oder eine Birne.

Am Thomastag, dem 21. Dezember, wurden die Schweine geschlachtet. Man führte sie am Strick zum Markt, die einen kauften, die anderen verkauften, dann wurden die Messer gewetzt. Wer sich ein Schwein hatte leisten können, aß gleich am Schlachttag die Innereien, der Rest wurde gepökelt und für die hohen Festtage zurückgelegt.

Die Ärmeren hörten nur das Grunzen und rochen den Duft von gebratenem Fleisch. Sie waren damit beschäftigt, die Fensterritzen mit Moos auszustopfen, damit das Haus nicht auskühlte, während der Eisnebel von der Salzach heraufzog. Zwischen den Doppelfenstern gestalteten sie einen Fenstergarten mit kleinen Mistelzweigen, Nüssen und geschnitzten Holzfiguren. Bald war er von innen nicht mehr zu sehen, weil Eisblumen die Fensterscheiben bedeckten.

Hungrige hackten an den zugefrorenen Seitenarmen der Salzach Löcher ins Eis und angelten.

Am 24. Dezember, früh am Morgen, zog sich Joseph Mohr in der Sakristei für die Messe um. Er legte sich das Amikt auf die Schultern, dann zog er die lange weiße Albe an. Sie fiel bis zu seinen Knöcheln hinunter. Die langen Ärmel berührten sanft seine Arme.

Er hatte gestern vor dem Einschlafen an Sophie gedacht und prompt in der Nacht von ihr geträumt. Er fühlte sich schuldig deswegen. Eigentlich sollte er mit dieser Belastung keine Messe halten.

Im Studium hatte er gelernt, dass in solchen Fällen das Heil des Volkes vorgehe – *salus animarum suprema lex,* er sollte zu allererst um das Heil der anderen bemüht sein, nicht um sein eigenes. Und wie sollte er dem Nöstler seine unangebrachten Gedanken und Empfindungen beichten, wo der sich doch sowieso schon beim Konsistorium in Salzburg über ihn beschwert hatte, er sei jugendlich und unbesonnen und singe unangemessene Lieder und poussiere mit Personen des anderen Geschlechts.

So sah die Arbeit als Priester nun einmal aus. Man ging durch die Gassen und besuchte die Leute und trank auch mit ihnen, um ihre Nöte anzuhören und ihnen Mut zuzusprechen. Dass er dabei mitunter ein Lied anstimmte oder auch einmal ein Karten- oder Würfelspiel mitspielte, war in seinen Augen kein Makel. Der Traum allerdings war einer.

Jeder Priester sollte einen anderen Priester haben, dem er beichtete und bei dem er sein Herz erleichterte. Selbst der Papst besaß einen Beichtpriester. Ausgerechnet er, Joseph, sollte bei einem kränklichen, verknöcherten Mann beichten, der nur neidisch darauf war, wie gut er, der Fremde, sich mit den Einheimischen verstand, und der ihm dabei mangelnden Subordinationsgeist vorwarf!

Die Wutgefühle waren nicht angemessen, sie machten ihn ungerecht. Nöstler hatte es alles andere als leicht, er konnte kaum gehen vor Schmerzen. In einer solchen Lage würde jeder Mensch verbittern. Zudem war Nöstler von jeher mehr auf die Predigtausarbeitungen spezialisiert gewesen, er war ein trockener Mensch, ungeeignet für lange Gespräche oder Feiern. Sicher empfand er es als Kränkung, dass ihm, Joseph, solche Dinge leicht von der Hand gingen.

Dazu empfand der konservative Nöstler es als Unding, dass ein unehelicher Sohn wie er in der Soutane vor der Kirchengemeinde stand.

Joseph schlang sich das Zingulum um das Gewand und verknotete es vor dem Bauch. Er legte sich die Stola über den Nacken und zog sie noch ein wenig zurecht, bis die Enden gleich lang hinunterhingen.

Durch das Loch in der Mitte des violetten Messgewands steckte er den Kopf. In Salzburg hatten sie es untereinander heimlich „die Bassgeigen" genannt, weil der vordere Teil etwas ausgeschnitten war, sodass man Armfreiheit hatte.

Er setzte sich das Birett, den viergeteilten Hut, auf den Kopf und legte sich das Manipel für die Kelchreinigung über den Arm.

Für ein kurzes Gebet vergrub er das Gesicht in den Händen. Dann öffnete er den Messdienern, zwei braven Jungs aus dem Ort, und begrüßte sie. „Ich hab nachher noch etwas für euch", sagte er. Ihre Augen leuchteten. Er hatte jedem von ihnen ein holzgeschnitztes Schiffchen gekauft und mit schwarzer Tinte fein säuberlich ihre Namen daraufgeschrieben. Hoffentlich hielt der Namenszug lange, auch wenn sie die Schiffchen in die Salzach setzten.

Im Kirchensaal setzte Orgelspiel ein, Franz begann das erste Lied. Von ihm müsste ich Sophie erzählen, dachte er. Franz Grubers Eltern hatten gewollt, dass er Leineweber wurde wie sie. Aber Franz hatte Holzklötzchen in eine Fuge in seiner Wand gesteckt und seine Fingerübungen darauf gemacht wie auf einem Orgelmanual, die Töne sang er selbst dazu. Bald vertrat er den erkrankten Organisten im Gottesdienst. Er war so gut darin, dass der Vater endlich dem Orgelunterricht zustimmte und ihm sogar in Burghausen ein altes Spinett kaufte, fünf Gulden hatte es gekostet, hatte Franz ihm erzählt.

Franz und seine Frau waren das beste Beispiel für eine erzwungene Ehe, die dennoch gelang und sie glücklich machte. So oft hatten sie sich jetzt schon zum Musizieren getroffen und immer wieder schwärmte Franz von seiner Elisabeth. Dabei war sie dreizehn Jahre älter als er und die Witwe seines Amtsvorgängers gewesen. Franz hatte die Stelle als Lehrer und Organist nur bekommen können, indem er sie heiratete. Es war quasi als Bestandteil der Stellenausschreibung erwartet worden, dass er sie zu seiner Frau machte und die zwei Kinder an Vaters statt annahm, sonst hätte er nicht ins Schul- und Mesnerhaus einziehen können.

Joseph sagte: „Unsere Hilfe ist im Namen des Herrn."

„Der Himmel und Erde erschaffen hat", ergänzten die Messdiener. Sie gingen ihm voran, hinter ihnen betrat er das Kirchenschiff. Die Bänke waren bis zum letzten Platz gefüllt, und die Männer, Frauen und Kinder sangen, manche davon schief, aber alle mit Inbrunst. Zu Weihnachten fühlten sich die Menschen immer religiös.

Er ging die Altarstufen hoch, stellte den verhüllten Kelch ab, verneigte sich und stieg wieder hinunter. Unten betete er das Stufengebet. Die Messdiener beantworteten jeden zweiten Psalmvers auf Latein. Glücklicherweise hörten die Leute das nicht, sie sangen ja währenddessen. Die Jungs verhaspelten sich fortwährend. Wie konnte man auch von diesen Schifferburschen erwarten, dass sie Latein verstanden?

Schmunzelnd trat er an die rechte Seite des Altars und betete mit dem Rücken zu den Singenden leise das Eingangsgebet. Das Lied endete. Einige Atemzüge lang hallten noch die letzten Orgelklänge durch den Saal.

Er ging zur Mitte und betete das „Kyrie Eleison". Dann drehte er sich zu den Gottesdienstbesuchern um und sang: „Dominus vobiscum."

Sie antworteten: „Et cum spiritu tuo." Karl stand in der dritten Reihe. Er bewegte kaum die Lippen beim Sprechen. Er sah aus wie ein Fisch, der im Eis eingefroren war. Hatten sich die beiden immer noch nicht ausgesprochen?

Er machte kehrt und ging zur rechten Seite des Altars, zum Messbuch, und sang das Tagesgebet auf Latein. Anschließend trug er die Epistel vor. Der Text war im Messbuch abgedruckt, er las ihn ab, ohne recht bei der Sache zu sein.

Statt sich in Selbstmitleid oder unguten Wünschen zu suhlen, sollte er seinen Erfindungsreichtum darauf lenken, wie er dem unglücklichen Paar helfen konnte. Was konnte er tun, um ihnen den Mut zu einem Neuanfang zu geben?

Er betete leise den Zwischengesang. Einer der Messdiener trug das Messbuch zur anderen Seite, der Junge stieg damit die Stufen hinunter und erklomm sie auf der anderen Seite wieder. Währenddessen ging er, Joseph, zur Mitte. Die Gemeinde sang. Nach dem Lied trat er zum Messbuch hinüber und trug das Evangelium vor.

Die Sache ging ihm nicht aus dem Kopf, auch nicht, als er das Messgewand ablegte und sich für die Predigt an die Kanzel stellte. Was konnten Worte schon bewirken? Erwartungsvoll blickten ihn die Leute an. Er kannte die Lebenssituation von vielen von ihnen, manche hatten in seiner Gegenwart schon Tränen vergossen. Sie erhofften sich Lösungen, die er nicht bieten konnte. Was ist meine Aufgabe?, betete er in Gedanken. Erwarte nicht zu viel von mir, Gott. Ich bin selbst schwach und hilflos.

Er redete los. Schal kamen ihm seine Worte heute vor. Mitten im Satz schrak er zusammen. Was machte Marline hier? Neben ihr in der letzten Reihe saß ein kleines, dunkelhaariges Mädchen und schaute schüchtern zu ihm hoch. War das die Tochter, die Karl mit ihr gezeugt hatte?

Wenn Sophie das Kind und Marline sah, würde es fürchterlichen Streit geben. Sicher legte Marline es genau darauf an.

Er brachte die Predigt zu Ende und zog anschließend das Messgewand wieder an. „Credo in unum deum." Ihm war schlecht. Die Gläubigen stimmten in das Credo-Lied ein. Er deckte den Kelch ab, von rechts kamen die Messdiener mit Wein und Wasser, er gab einen Tropfen Wasser in den Wein. Du hast alles getan für uns, Herr Jesus, du trägst unsere Schuld. Aber was ist mit den Menschenleben, die von der Schuld zerstört werden? Mit dir wieder versöhnt zu sein reicht doch nicht, unser Leben ist trotzdem ein wüstes Schlachtfeld.

Die Messdiener schütteten ihm ein wenig Wasser über die Finger und er trocknete sie mit einem Lavabo-Tüchlein ab. Sie sangen die „Praefatio". Er sprach, während die Gläubigen das „Sanctus"-Lied sangen, leise die Wandlungsworte: „Hoc est enim Corpus meum."

Am Schluss des Canons betete er das Vaterunser. Dann dreimal das „Agnus Dei", während die Gläubigen das „Agnus Dei"-Lied sangen. Er empfing für sich das Abendmahl, trank Wasser und Wein und drehte sich mit dem zweiten, hostiengefüllten Kelch um, hielt eine Hostie hoch und sagte: „Siehe das Lamm Gottes, es nimmt hinweg die Sünde der Welt."

Die Gemeinde antwortete: „Herr, ich bin nicht würdig, dass du eingehst unter mein Dach." Dann wurde es still in der Kirche. Einige Leute kamen zur Kommunionbank, knieten nieder und empfingen die Hostie. Er nahm sie vom Hostienteller und legte sie ihnen in den Mund. Er sah kurz nach Karl und dann hinüber zu Sophie auf der anderen Seite der hüfthohen Mauer, die inmitten des Langschiffs die zweiundzwanzig Stühle der Männerseite von den zweiundzwanzig Stühlen der Frauenseite trennte. Beide saßen sie reglos. Ihr Sohn saß neben Sophie genauso still, er lernte von seinen Eltern. So verbreitete sich das Gift.

Nur wenige trauten sich nach vorn, die Ehrfurcht hinderte die meisten. Dabei hatten sie eine Monatskommunion für Schüler eingeführt, damit die Kinder lernten, sich zu trauen, und eine Monatskommunion der Männer und eine für Frauen, sogar eine für Jungfrauen.

Marline! Ausgerechnet sie kam nach vorn. Joseph sah Sophie erbleichen, als sie die Geliebte ihres Mannes erkannte. Auch in Karls Miene bewegte sich jetzt etwas. Marline kniete sich vor die Bank.

Er nahm eine Hostie vom Teller und legte sie ihr auf die Zunge. Erst jetzt bemerkte er, dass Marlines Hände zitterten. Sie hatte Angst! Aber warum war sie dann hierhergekommen, wenn sie den Streit fürchtete?

Um die übrig gebliebenen Hostien in den Tabernakel zu geben, ging er zum Altar hoch. Von der Seite traten die Messdiener an ihn heran und brachten Wasser, mit dem er den Kelch ausspülte. Er deckte den Kelch wieder zu.

Diese Hilflosigkeit! Was kann ich denn?, rief er stimmlos zu Gott. Wenn du mir solche Aufgaben stellst, dann gib mir auch die Fähigkeiten, sie zu bewältigen!

Er betete das Schlussgebet und fühlte sich dabei, als zerrisse er innerlich. Während er zur Mitte trat und „Ite, missa est" sagte, musste er an Sophies Besuch in seiner Kammer denken.

Hatte er damals nicht ein Lied geschrieben? Und ging es nicht genau darum in diesem Gottesdienst? Franz hatte schöne Harmonien dazu erfunden und eine schlichte, feine Melodie. Wenn sie den Schiffern das Lied beibringen würden, würde es sie berühren. Aber er brauchte Franz, der mit seinem Bass mitsang, und dann könnte Franz das Lied nicht gleichzeitig auf der Orgel begleiten. Es sei denn, sie würden von oben herab singen. Das aber würde Distanz und Kühle erzeugen.

Und wenn sie es wie neulich spielten, mit der Gitarre? Eine Gitarre in der Kirche, Nöstler würde toben. Die Gitarre galt als Wirtshausinstrument, der Pfarrprovisor schaute eine Gitarre nicht mal von der Seite an. Einen weiteren Skandal konnte er sich nicht leisten.

Aber sie mussten beim Singen nahe bei den Menschen stehen, sie brauchten das, sie brauchten heute jemanden, der ihnen Frieden in die Herzen legte.

Aufgewühlt ging er auf die linke Seite des Altars und betete das Schlussevangelium nach Johannes. Er trat zur Mitte, nahm den verdeckten Kelch, ging die Stufen hinunter, machte einen Kniefall und verließ mit den Messdienern den Saal. In der Sakristei stellte er den Kelch ab. Würde Franz mitmachen? Mit heftig klopfendem Herzen nahm er die Gitarre und das Textblatt. Die Messdiener machten große Augen.

„Kommt“, sagte er, „das solltet ihr nicht verpassen.“

Er trat zurück in den Saal, in dem sich die Gottesdienstbesucher gerade erhoben. Als sie die Gitarre in seiner Hand sahen, stutzten sie und blieben zwischen den Bänken stehen.

„Franz“, rief er zur Orgel hoch, „würdest du für ein Lied runterkommen?“

Franz stand von der Orgelbank auf. Er sah zu Joseph herunter, fragend.

Joseph hob die Gitarre.

Da begriff der Freund. Er nickte. Auch seine Anstellung stand auf dem Spiel. Schon wenn er ein Lied mit einem tändelnden, hüpfenden Nachspiel auf der Orgel beendete, gab es wochenlang Ärger, das schicke sich nicht in der Kirche, beschwerten sich einzelne Kirchenmitglieder, das sei weltliche Musik gewesen. Aber nicht einen Augenblick zögerte Franz, er kam sofort herunter.

„Wir wollen zum Schluss noch ein Lied singen", sagte Joseph. „Die Melodie stammt von Franz Gruber, der Text von mir. Wir widmen es allen Ehepaaren, die mit der Unvollkommenheit des Menschen ringen, und allen Alleinstehenden, die sich schuldig fühlen und nicht wissen, wohin mit ihrer Schuld. Wir widmen es denen, die verloren sind. Denn wir alle sind gefunden worden von einem, der Meister im Finden verlorener Menschen ist, von Jesus Christus."

Er stellte sich vor die Krippe und die Figuren, Franz kam neben ihn, und er reichte dem Freund das Textblatt. Dann hob er die Gitarre vor seine Brust und sagte: „Diese Gitarre hat meinem Vater gehört. Ich habe ihn nie kennengelernt. Ich bin euer Priester, aber ob ihr es glaubt oder nicht: Ich bin genauso verletzt und hilfsbedürftig wie ihr. Deshalb stehen wir alle vor Gott und danken ihm. Ja, wir danken! Er hat unsere Not gesehen."

Er zupfte die ersten Saiten. Noten brauchte er nicht, er improvisierte die Begleitung, die Melodie hatte er noch im Ohr. Nie war er über seine jahrelange musikalische Ausbildung froher gewesen als heute.

Sie holten Luft, Franz und er, und sangen:

Stille Nacht! Heilige Nacht!
Alles schläft. Einsam wacht
Nur das traute heilige Paar
Holder Knab' im lockigen Haar,
Schlafe in himmlischer Ruh!
Schlafe in himmlischer Ruh!

Erträumten sich nicht alle eine solche Familie? Die Eltern hielten Wache beim Kind, es lag still und friedlich in der Krippe. Dabei war auch bei Jesus nicht alles in Ordnung gewesen. Die kleine Familie hatte sich vor mörderischen Verfolgern verstecken müssen, und Joseph hatte Zweifel gehabt, ob Maria ihn nicht betrogen hatte. Ihn hatten erst Engel überzeugen müssen. Und auch danach war vor den Augen der Leute noch eine Schande da gewesen.

Stille Nacht! Heilige Nacht!
Gottes Sohn! O! wie lacht
Lieb' aus deinem göttlichen Mund,
Da uns schlägt die rettende Stund,
Jesus! in deiner Geburt!
Jesus! in deiner Geburt!

Er dachte an das Gnadenbild von Mariapfarr, wo er in der großen romanisch-gotischen Hauptkirche Gottesdienste gehalten hatte. Dort hatte Jesus auf dem Schoß seiner Mutter gesessen, mit lockigem Haar und diesem freundlichen Gesicht.

Stille Nacht! Heilige Nacht!
Die der Welt Heil gebracht,
Aus des Himmels goldenen Höh'n
Uns der Gnaden Fülle lässt seh'n:
Jesum in Menschengestalt!
Jesum in Menschengestalt!

Stille Nacht! Heilige Nacht!
Wo sich heut alle Macht
Väterlicher Liebe ergoss
Und als Bruder huldvoll umschloss
Jesus die Völker der Welt!
Jesus die Völker der Welt!

Stille Nacht! Heilige Nacht!
Lange schon uns bedacht,
Als der Herr vom Grimme befreit,
In der Väter urgrauer Zeit
Aller Welt Schonung verhieß!
Aller Welt Schonung verhieß!

Der Introitus fiel ihm ein, in dem der Bibeltext aus dem Kapitel 18 des Buches der Weisheit gesprochen wurde: „Als tiefes Schweigen das All umfing und die Nacht bis zur Mitte gelangt war, da kam, o Herr, dein allmächtiges Wort vom Himmel, vom Königsthron herab.“

Stille Nacht! Heilige Nacht!
Hirten erst kundgemacht
Durch der Engel „Hallelujah!“
Tönt es laut bei Ferne und Nah:
„Jesus der Retter ist da!“
„Jesus der Retter ist da!“

Die letzten Silben des Liedes hallten nach. Dann war es still in der Kirche. Die Leute sahen mit großen Augen zur Krippe hin. Endlich kamen Einzelne und bedankten sich. Es wurden immer mehr, sie wollten unbedingt seine Hand schütteln und die von Franz.

Im Hintergrund sah er, dass Karl auf Sophie zutrat und mit ihr redete. Er fragte sie scheinbar etwas, sah sie erwartungsvoll an. Sie nickte mit Tränen in den Augen. Hatte er sich entschuldigt? Hatte er sie gefragt, ob sie seine Frau bleiben wollte?

Jetzt ließ er sie stehen und ging zu Marline, die sich abseits gehalten hatte. Er kauerte sich vor das kleine Mädchen an ihrer Hand und sah hoch zu Sophie. Weil er in seine Richtung sprach, konnte Joseph hören, was er sagte. „Das ist meine Tochter.“

Sophie wandte sich ab. Es war zu viel für sie. Sie ließ Jackl stehen und verließ mit hastigen Schritten die Kirche.

Wie sehr hätte sich Joseph das von seinem Vater gewünscht, dass er ein einziges Mal zu ihm gesagt hätte: „Das ist mein Sohn.“ Was musste es für das kleine Mädchen bedeuten, dass der Vater hier vor allen Leuten zu ihr stand!

Karl folgte, bleich, Sophie nach draußen und rief ihren Namen. Marline führte die Kleine an der Hand hinaus. Es würde kein leichtes Weihnachtsfest für sie werden, für keinen von ihnen.

Er hatte getan, was er konnte, um ihnen Kraft zu geben. Vielleicht hatte das Lied ihnen geholfen, einen Anfang zu machen. Viel Schmerzhaftes würde folgen. Aber der Schmerz war besser als das Schweigen.

Historische Hintergründe

Joseph Mohr

Am 11. Dezember 1792 wird Joseph Mohr in Salzburg geboren. Er ist im Taufbuch der Dompfarre nur im Anhang verzeichnet, bei den unehelichen Kindern, mit dem Nachnamen des Vaters, wie es damals üblich war.

Seine Mutter Anna arbeitet als Strickerin. Jedes ihrer vier Kinder stammt von einem anderen Vater und für jedes von ihnen muss die Mutter im Stadtgericht in einem demütigenden Fornikationsprotokoll (*fornicatio* = Unzucht, Hurerei) ihre Sünde bekennen und eine Strafe zahlen. Der Eintrag des Stadtgerichts, in dem auch Joseph erwähnt wird, lautet:

Actum, den 3ten Hornung 1796

Anna Schoiberinn, von Hallein geborene Salzeinsetzerstochter, 38 Jahre alt und ledig, ernähre mich mit Handarbeit, und nie inngelegen, zeig mich an, dass ich mich mit dem Felix Dreithaller, Tagwerker alhier, vier Wochen vor Jakobi voriges Jahr am Mönchberg fleischlich verbrochen habe, und schwanger sey. Dies ist mein 4tes Verbrechen. [...] *Das dritte Verbrechen geschah vor 3 Jahren mit dem Soldat Joseph Mohr, der von hier desertirte. Das Kind, ein Knab, lebt, und hat vom gemeinen Almosen wöchentlich 30 Kreuzer.*

Warum hat Anna nie geheiratet? Die zuständige Behörde hätte einer Ehe wohl nicht zugestimmt. Voraussetzung für die Hochzeitsgenehmigung ist, dass das Paar über ein ausreichendes Einkommen verfügt. Man will mit dieser Regelung das Wachstum der verarmten Unterschicht eindämmen. Manche Paare gehen ins Ausland, um dort zu heiraten und dem strengen Gesetz zu entgehen. Kehren sie aber nach Salzburg zurück, werden sie mit drei Jahren Zuchthaus bestraft. Wer nur Tagelöhner ist (wie der Vater von Annas viertem Kind) oder sich mühevoll von der Näherei ernährt wie Anna, dem fehlen für die Familiengründung die Mittel.

Dennoch gilt es als Schande, ein uneheliches Kind zu sein. Die Eltern können angezeigt werden, melden sie sich selbst, fällt die Strafe milder aus und sie können sie durch Arbeitseinsätze oder mit einer Geldsumme abbüßen. Gefürchtet sind die Schandstrafen, bei denen eine Frau in die Geige, ein hölzernes Joch, eingespannt und herumgeführt wird und ein Mann am Marktplatz Kopf und Hände durch

Löcher einer Bretterwand stecken muss und den ganzen Tag dort gefesselt steht, während er dem Spott der Bevölkerung ausgesetzt ist. Ein Handwerker wird nach einer solchen Schandstrafe aus der Zunft ausgeschlossen und ist damit beruflich am Ende.

Josephs Vater ist Musketier im Dienst des Fürsterzbischofs. Ein halbes Jahr vor Josephs Geburt wird er fahnenflüchtig und taucht unter. Joseph lernt ihn nie kennen.

Seine Kindheit verbringt er in der Steingasse 31 in einem an den Felsen gebauten Haus, zurückgesetzt hinter die anderen Häuser. Man steigt von der Straße aus zwanzig Stufen hinauf, um zur Haustür zu kommen. Ein Familienidyll wie im Lied „Stille Nacht" lernt er nicht kennen, ein Idyll, in dem zwei Eltern einander vertrauen, wie es in der ersten Strophe heißt, und über ihr Kind wachen. Er wächst vaterlos und in Armut auf.

Die Adelsfamilien und höheren Beamten ziehen aus Salzburg weg, weil Salzburgs politische Selbstständigkeit aufgehoben und das Erzstift säkularisiert wird. Viele, die ihr Auskommen im Umfeld der Residenz hatten, verarmen. Dienstboten und Dienstmädchen haben keine Arbeit mehr, den Handwerkern fehlen die Aufträge. Hinzu kommen Missernten, durch die alle Lebensmittelpreise in die Höhe schießen.

Aus Mitleid, vielleicht aber auch, weil er in dem Jungen Fähigkeiten sieht, die anderen verborgen blieben, setzt sich Domvikar Johann Nepomuk Hiernle (1765–1850) für Joseph ein. Er wird für ihn zum Ersatzvater und ermöglicht ihm eine Ausbildung, die Anna nie hätte bezahlen können.

Joseph besucht von 1799 bis 1808 die Vorbereitungsschule zum Gymnasium und anschließend das Akademische Gymnasium. 1807 wird er, 15-jährig, als Sängerknabe und Violinist in den Stiftschor St. Peter aufgenommen. Er muss nun im Jahr für 600 musikalische Einsätze zur Verfügung stehen, verdient damit aber das Geld für Mittagstisch und Abendbrot. Zusätzlich ist er Musiker an der Universität, obwohl man das in St. Peter nicht gern sieht.

Als er 1808 an das Lyzeum des Stifts Kremsmünster wechselt, 80 Kilometer von Salzburg entfernt, gibt er Hiernle als Pflegevater an und nennt sich selbst elternlos, er verschweigt die Mutter.

Neben dem Philosophiestudium arbeitet er als Violinist und Orgelspieler und wirkt zum Beispiel bei der Aufführung von Joseph Haydns Werken „Schöpfung", „Sieben Worten des Erlösers am Kreuz" und „Stabat mater" mit.

Nach einem Jahr am königlich-bayrischen Lyzeum in Salzburg tritt er 1811 ins Priesterseminar ein. Er muss beim Erzbischof um „Dispensation wegen Ermangelung der ehelichen Geburt" bitten, als sie ihm gewährt wird, darf er Theologie studieren. 1815 wird er zum Priester geweiht.

Ein Gemälde von ihm existiert nicht. Die Zeitgenossen überliefern, er habe braunes Haar und helle Augen.

Er arbeitet als Coadjutor, also als Hilfspriester und Mitarbeiter im Pfarrdienst in Mariapfarr im Lungau, wahrscheinlich bat er darum, in diese Gegend versetzt zu werden. Im kleinen Dorf Stranach, das zur Gemeinde Mariapfarr gehört, ist sein Vater geboren worden. Der Vater starb 1814, bevor Joseph ihn kennenlernen konnte. Aber er lernt seinen Großvater kennen, der denselben Namen trägt wie er: Joseph Mohr. Der Großvater ist 86 Jahre alt und lebt in einer Keusche, einem kleinen Haus mit etwas Grund ringsum. Ihnen bleiben nur wenige gemeinsame Monate, der Großvater stirbt Ende Januar 1816, Joseph trägt mit eigener Hand das Begräbnis des Großvaters ins Kirchenbuch ein.

In dieser Gemeinde schreibt er auch, in einer Zeit von Plünderung, Totschlag und Kriegselend, das Lied „Stille Nacht".

Nach dem Tod des Großvaters hält ihn nichts mehr in Mariapfarr. Nachdem er aushilfsweise in Österreichisch Laufen mitgearbeitet hat, wird er dort als Hilfspriester eingestellt. Er bewohnt ein Zimmer im Mesnerhaus, ein Pfarrhaus gibt es noch nicht, da der Ort Laufen erst kurz zuvor geteilt wurde und die österreichische Ortshälfte ein Pfarramt gerade erst einrichtet.

Er lernt Franz Gruber kennen, der als Lehrer in Arnsberg arbeitet und zusätzlich die Gottesdienste in der Sankt-Nikolaus-Kirche in Österreichisch Laufen an der Orgel begleitet. Beide lieben sie die Musik. Sie freunden sich an. Franz Gruber komponiert eine Melodie zu „Stille Nacht“.

Pfarrprovisor Georg Heinrich Joseph Nöstler beschwert sich beim Konsistorium in Salzburg über Joseph: „Der Ort K.K. Laufen fordert seiner kritischen Lage wegen für die Seelsorgestelle anstandsvolle Männer. Priester Mohr ist es nicht. Dessen Wesen ist noch jugendlich, unbesonnen, hingebend. Burschenmäßig geht er mit seiner langen Tabakpfeife, den Beutel an der Seite, über die Gassen, er spielt und trinkt nächtlicherweile, er singt mitunter nicht erbauliche Lieder, er scherzt auch mit Personen des anderen Geschlechts, benimmt sich wenigstens nicht geistlich und fährt mit Mädchen aus. Beim letztgroßen Wasser fuhr er gleich anderen Schiffsbuben im Nachen herum. Das Studium und die Ausbildung zu seiner Seelsorge scheint er zu vernachlässigen und seiner Vorliebe für Musik und musikalische Unterhaltung alles zu opfern. Auch wohnt ihm der Subordinationsgeist nicht bei.“

Zum täglichen Essen im Wirtshaus gibt es für Joseph keine Alternative, es existiert ja noch kein Pfarrhaushalt in

Österreichisch Laufen. Dass er dort auch musiziert und mit den Leuten singt, scheint Nöstler als anstößig empfunden zu haben.

Das Konsistorium wendet sich an Dekan und Pfarrer Johann Felix Perner in Sankt Georgen, er solle die Sache untersuchen, und dieser antwortet zwei Wochen später, dass gegen den Priester Joseph Mohr keine Klage vorliegt, sondern die Gemeinde im Gegenteil ihre volle Zufriedenheit äußere. Die Gemeindevorsteher bescheinigen ihm in einem zusätzlichen Zeugnis, dass sie mit seinem priesterlichen Dienst vollauf zufrieden sind und er die heiligen Handlungen andachtsvoll verrichte. Er stehe jedem Kranken bei, wenn man ihn rufe, und seine Kanzelvorträge höre die Gemeinde gern.

Nöstler beklagt sich erneut beim Konsistorium in Salzburg, er verweigert Joseph sogar den Lohn. Schließlich verlässt Joseph den Ort. Er lässt sich versetzen. Die Trennung von Franz Gruber ist schmerzhaft. Gruber schreibt darüber in einem Brief: „Ich machte ihm ein 4-stimmiges Abschiedslied, das ihn so rührte, dass er wie ein Kind weinte. Die Trennung fiel ihm so schwer, dass er sich ein eigenes Zimmer geben ließ, sich niederlegte und sich verbat, ihn zu stören."

Am 17. August 1824 wird bei Joseph Mohr Tuberkulose festgestellt. Auch seine Mutter leidet daran, sie stirbt 1827 an den Folgen. Aber er erholt sich wieder.

Nach wechselnden Stellen arbeitet Joseph Mohr ab 1837 bis zum Lebensende als Vikar in Wagrain. Er stirbt am 4. Dezember 1848.

Die Schiffer in Österreichisch Laufen

Als Joseph Mohr in Laufen arbeitet, gibt es keine Eisenbahn. Es gibt keine elektrische Telegrafie, man schreibt Briefe, sonst nichts, und für die Briefe gibt es keine Post, sondern man gibt sie den Flussschiffern mit. Die Menschen leben in Österreichisch Laufen größtenteils von der Flussschifferei.

Die Stadt wird 1816 durch die neue Staatsgrenze mitten hindurch geteilt. Die Vorstadt Oberndorf und die verarmte Schiffersiedlung, die Altach, fallen an Österreich, Laufen bleibt beim Königreich Bayern. Noch jahrzehntelang heißt der heutige Ort Oberndorf „Österreichisch Laufen".

1827 arbeiten noch 180 hauptberufliche Schiffer im Ort. Der letzte Großauftrag ist das Heranschaffen des Marmors für den Bau der Walhalla in Donaustauf bei Regensburg in den Jahren 1832–1836, insgesamt 137.000 Zentner hellen Marmors aus den Steinbrüchen am Untersberg werden von den Schiffern transportiert.

Aber es geht mit den Schiffern kontinuierlich bergab. Die neuen Eisenbahnlinien nehmen ihnen die Arbeit, Güter werden künftig auf der Schiene transportiert.

Man versucht, den Schiffern neue Berufe zu eröffnen. Der Magistrat der Stadt Laufen stellt 1870 fest: „Das Schiffsvolk ist ziemlich ungelenksam und schwerfällig und hängt mit unauslöschlicher Vorliebe lediglich an der Schifffahrt; zu gelenkigen behänden Fabriksarbeitern wird dasselbe niemals umzuwandeln sein, auch nicht leicht einer vorzugsweise geistigen Beschäftigung zugeführt werden können."

Einige der Schiffer finden dennoch eine Anstellung – als Bahnwärter bei der Eisenbahn.

Stille Nacht

„Stille Nacht" zählt zu den erfolgreichsten Liedern der Menschheitsgeschichte. Es ist in mehr als 300 Sprachen übersetzt und gehört zum Unesco-Kulturerbe. Zahlreiche Musiker haben „Stille Nacht" neu interpretiert, von Johnny Cash, Ella Fitzgerald und Jimi Henrix über Elvis Presley bis zu Simon & Garfunkel oder Tori Amos. Pünktlich zur Weihnachtszeit ertönt es aus den Lautsprechern der Kaufhäuser und Ladengeschäfte, es läuft im Radio, weihnachtliche Klappkarten spielen es aus winzigen Elektronikteilen, und in den Kirchen und Familienwohnzimmern wird es mit Inbrunst gesungen.

Seinen ersten Auftritt hat das Lied zu Weihnachten 1818 in der Sankt-Nikolaus-Kirche in Österreichisch Laufen.

Franz Gruber und Joseph Mohr singen es höchstwahrscheinlich nicht im Verlauf der liturgischen Handlung, sondern im Anschluss an den Gottesdienst, unten vor der aufgebauten Krippe. Franz Gruber gilt als guter Basssänger.

Die Gitarrenbegleitung ist damals nicht aufgeschrieben, Joseph Mohr hat eine so gute musikalische Ausbildung genossen, dass er die Begleitung improvisieren kann. Allerdings ruft die Verwendung des Instruments einiges Erstaunen hervor. Die Gitarre bringt man damals eher mit dem Wirtshaus in Verbindung, aber nicht mit der Kirche.

So ungewöhnlich ist es, in der Kirche das profane Instrument zu spielen, dass im Nachhinein die Legende der defekten Orgel erfunden wird, um diesen Umstand zu erklären – man erzählt sich, dass die Orgel unspielbar gewesen sein müsse und Franz Gruber und Joseph Mohr das Lied deshalb mit der Gitarre vortrugen.

Die Melodie des Liedes ähnelt einer Pastorale, einem Musikstil, der vor allem in weihnachtlicher Hirtenmusik Verwendung fand, in Oratorien, Kantaten und Pastoralmessen – z. B. in Johann Sebastian Bachs „Weihnachtsoratorium“, das die Geschichte der Hirten auf dem Felde mit einer „Sinfonia“ einleitet.

Kurz nach dem Auftritt verfasst Joseph Mohr eine saubere Abschrift des Liedes. Sie wird erst 1995 im Familienbesitz der Salzburger Germanistin Prof. Elisabeth Kruckenhauser gefunden. Das Notenblatt zeigt „Stille Nacht“ mit einem zweistimmigen Satz für Solostimmen („Voci“) und eine Gitarrenbegleitung, dazu den Text, alle sechs Strophen. Joseph Mohr schrieb in die linke untere Ecke: *Text von Joseph Mohr Coadjutor 1816. mia* (von *manu propria,* mit eigener Hand geschrieben).

Der Text des Liedes ist zwischen die Notenzeile für die Singstimmen und die für die begleitende Gitarre geschrieben. Über der ersten Zeile steht *Largo* und *Musik von Fr. Xav. Gruber.*

Joseph Mohr wechselt zwischen deutscher und lateinischer Schrift, besonders wichtige Worte schreibt er mit lateinischen Buchstaben, er betont damit z.B. den Satz in der sechsten Strophe: „Jesus, der Retter ist da!“

Bereits wenige Monate nach der Uraufführung übernimmt der junge Organist Blasius Wimmer aus Tirol das Lied in sein Orgelbuch. Später gelangt es durch den Orgelbaumeister Carl Mauracher nach Fügen im Zillertal, dort lernen es die Geschwister Strasser kennen. Sie treten in den 1830er-Jahren mehrfach in Leipzig mit ihren Tiroler Volksliedern auf und singen auch „Stille Nacht“.

Der Verlagsbuchhändler Karl August Friese veröffentlicht daraufhin ein Heft mit „Vier ächten Tyroler-Liedern“, darunter „Stille Nacht“. Es wird in mehreren Auflagen gedruckt und erreicht große Verbreitung. Durch den Übersee-Schiffsverkehr, den Handel und die christlichen Missionare verbreitet sich das Lied schließlich auf der ganzen Welt.

Der Autor dankt

Andreas Malessa für die Idee zu diesem Stoff. (Das ist Jahre her, Andreas, du hast es vermutlich längst vergessen.)

Helmut Bahr für Erklärungen zur katholischen Messe und zur Arbeit als Priester.

Dr. Peter Kramml, Amtsleiter in Magistrat, Stadtarchiv und Statistik der Stadt Salzburg für Unterlagen zum Fornikationsprotokoll.

Nicole Schol für das kluge und aufmerksame Lektorat, und Stefan Wiesner und dem ganzen adeo-Team für die Bereitschaft, sich von Büchern wie diesem begeistern zu lassen.

Über den Autor

Titus Müller, Jahrgang 1977, studierte in Berlin Literatur, Geschichtswissenschaften und Publizistik. Mit 21 Jahren gründete er die Literaturzeitschrift „Federwelt“. Seine Erzählungen und historischen Romane begeistern viele Leser. Titus Müller wurde mit dem „C. S. Lewis-Preis“ und dem „Sir Walter Scott-Preis“ ausgezeichnet und ist Mitglied im PEN. Zuletzt erschien bei adeo „Der Schneekristallforscher“, die wahre Geschichte eines einfachen Bauern, der als erster Mensch der Welt auf die Idee kam, Schnee unter dem Mikroskop zu fotografieren, und seiner Liebe zur Dorflehrerin Mina. Außerdem vom Autor im Programm: „Glück hat tausend Farben“ und „Glücklich der Mensch. Geschichten und Bilder aus dem Leben des Franz von Assisi“.

www.titusmueller.de

Quellenliteratur

Folgende Aufsätze und Bücher waren besonders hilfreich zur Vertiefung in das Thema:

Jutta Baumgartner: „... zeige an, daß ich mich fleischlich verbrochen habe". Das Fornikationsprotokoll des Stadtgerichts Salzburg (1795–1804), in: Salzburg Archiv 32 (2007), S. 209–226.

Rudolf Bayr: Stille Nacht. Heilige Nacht. Das Buch vom Weihnachtslied, Residenz Verlag, Salzburg o. J. (ca. 1960).

Heinz Dopsch, Hans Roth (Hrsg.): Laufen und Oberndorf. 1250 Jahre Geschichte, Wirtschaft und Kultur an beiden Ufern der Salzach, Eigenverlag der Stadt Laufen und der Marktgemeinde Oberndorf 1998.

Wolfgang Herbst: Stille Nacht! Heilige Nacht! Die Erfolgsgeschichte eines Weihnachtsliedes, Atlantis Musikbuch-Verlag, Zürich und Mainz 2002.

Karl Zinnburg: Salzschiffer und Schifferschützen von Laufen-Oberndorf, Verlag Alfred Winter, Salzburg 1977.

Norbert Wolf, Hans Meister (Hrsg.): 350 Jahre Akademisches Gymnasium Salzburg, Salzburg 1967.

Titus Müller

1945 in Nürnberg – einer der wichtigsten Gerichtsprozesse der Weltgeschichte beginnt

978-3-453-44290-0

Titus Müller

Über Liebe, Hingabe und die Wunder der Natur – eine wunderbare Wintergeschichte beruhend auf einer wahren Begebenheit

978-3-453-42964-2

Leseprobe unter **www.heyne.de**

HEYNE